नई नदी

एम. मुबीन

साईंस फिक्शन कहानियां

अफ़साना पब्लिकेशन

थाणे, महाराष्ट्र , इंडिया

© M. Mubeen
Nayee Nadi (Science Fiction Stories)
By : M. Mubeen
Afsana Publication,
(Thane) Maharashtra, India
1st Edition : October 2024
Printer : Chitra Printing Press, Bhayandar - Thane
ISBN : 978-81-19889-52-5

किताब : **नई नदी**
(साईंस फिक्शन कहानियां)
लेखक : एम. मुबीन
मुख पृष्ठ : अनवर मिर्ज़ा /CreativeCanvas/ Gordon Taylor
पहला संस्करण : अक्तूबर २०२४
प्रकाशक : अफसाना पब्लिकेशन
मीरा रोड, ठाणे (महाराष्ट्र) ४०१ १०७
मोबाइल : +91 90294 49173
प्रकाशक : चित्रा प्रिंटिंग प्रेस, भायंदर - थाणे
मोबाइल : +91 81698 46694
ISBN : 978-81-19889-52-5

Afsana Publication अफसाना पब्लिकेशन
Nooh - 54, Room No.903, Opp. Kokan Bank, Station Road,
Mira Road - 401 107 (Thane) Maharashtra, India

कहानियां

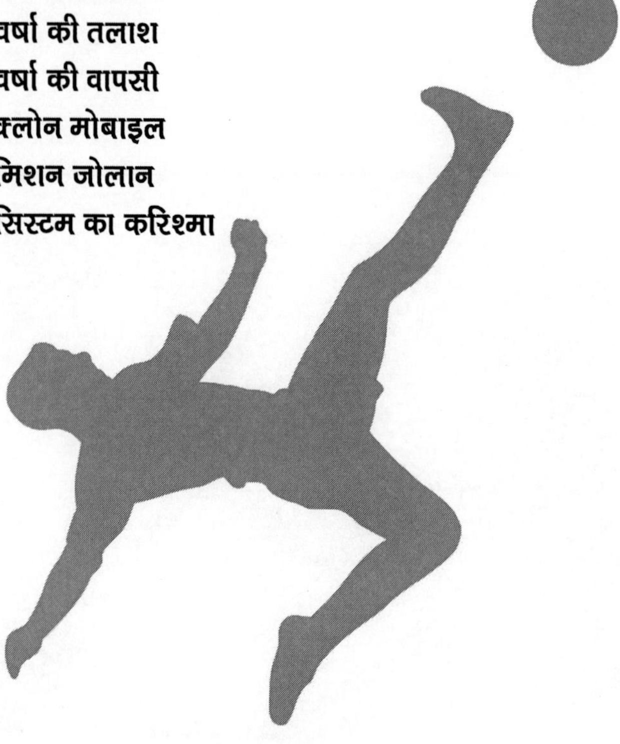

अपनी बात

“नई नदी” प्रस्तुत है। बच्चों के लिए साईंस फिक्शन (विज्ञान कथा) कहानियों का यह मेरा तीसरा संग्रह है। इससे पहले दो संग्रह “अंतरिक्ष यात्रा और अन्य कहानियाँ” और “मिशन ओज़ोन” प्रकाशित हो चुके हैं।

मैं पहले भी लिख चुका हूँ कि आजकल विज्ञान कथा लिखना बहुत कठिन काम हो गया है। यदि कहानी में कोई गलत वैज्ञानिक सिद्धांत प्रस्तुत किया गया है, तो पाठक तुरंत इंटरनेट पर गूगल करके उसकी सेहत पर उंगली उठा सकते हैं। इसलिए लेखक को इस विषय पर लिखते समय बहुत सावधानी बरतनी पड़ती है।

अभी तक ये एक समस्या थी लेकिन अब एक और समस्या सामने आ रही है।

विज्ञान का क्षेत्र इतनी तेजी से प्रगति कर रहा है और इस क्षेत्र में ऐसे परिवर्तन हो रहे हैं कि जब तक कोई विषय लिखा जाता है और वह प्रकाशित हो कर पाठकों के हाथों तक पहुंचता है, तब तक उसमें बहुत प्रगति हो चुकी होती है और लेखक की बात पुरानी हो चुकी होती है।

इस संग्रह और भविष्य के संग्रहों को भी इस समस्या का सामना करना पड़ सकता है। क्योंकि ये कहानियाँ केवल छह महीने पहले लिखी गई थीं, लेकिन समय आगे बढ़ गया है। इसलिए, यह संभव है कि किसी कहानी का विषय जब छह महीने पहले लिखा गया था तब वह नया और अछूता था लेकिन आज वह पुराना, पारंपरिक और क्षयग्रस्त हो गया हो।

ख़ैर, कहानी तो कहानी होती है, इसे कहानी की तरह ही पढ़ा और आनंद लिया जाना चाहिए। और लिया जाता है। आज भी ‘सिंदबाद, हातिम ताई, अल्फ लैला’ की कहानियाँ रुचि से पढ़ी जाती हैं। आधुनिक विज्ञान और शोध के आलोक में इनमें वर्णित किसी भी चीज़ का वास्तविक जीवन में घटित होना संभव ही नहीं है। लेकिन उनमें दिलचस्पी और आकर्षण के कारण आज भी पाठक इन बातों को नज़रअंदाज़ करके पूरी रुचि के साथ इन्हें पढ़ते हैं और आनंद लेते हैं।

जहां तक विज्ञान की बात है तो इस विषय पर कलम उठाने वाले हमारे यहां पहले भी कम थे और आज भी कम हैं। जिन्होंने लिखा उन्होंने हल्के-फुल्के अंदाज़ में लिखा। लेकिन आई.टी. के इस उन्नत युग में भी गहरी वैज्ञानिक जानकारी बच्चों और लोगों तक नहीं पहुंच पा रही है। इसलिए आज इस पर सोचने और कलम उठाने की गंभीर जरूरत है। एक और महत्वपूर्ण बात यह है कि हमारे पाठक भी ऐसी चीज़ों को उस चाव से नहीं पढ़ते जिस चाव से दूसरी चीज़ों को पढ़ते हैं।

अगर ऐसी चीजें पढ़ने वालों का एक वर्ग सामने आ जाए, तो जाहिर है कि लेखकों का भी एक वर्ग होगा जो अपने मूड और गुणवत्तापूर्ण लेखन के साथ उन तक पहुंचेगा और इस तरह बेहतर चीजें रची जाएंगी।

विज्ञान के माध्यम से हर दिन नए बदलाव सामने आ रहे हैं और अब एक ऐसा बदलाव आ रहा है जिसने मानव अस्तित्व के लिए समस्या पैदा कर दी है।

क्योंकि अभी सात या आठ महीने पहले ही आर्टिफिशियल इंटेलिजेंस के रूप में एक रिसर्च सामने आई है जिसने विशेषज्ञों को सकते में डाल दिया है और सभी का मानना है कि अगर इसे नहीं रोका गया, यदि इसके उपयोग पर प्रतिबंध नहीं लगाए गए तो यह मानव अस्तित्व के लिए समस्याएँ पैदा कर सकता है। आज मशीनें इंसानों की गुलाम हैं। क्योंकि इन्हें इंसानों ने बनाया है, लेकिन अब इंसान ने कुछ ऐसा बनाया है जो इंसानों को गुलाम बना सकता है और उन पर शासन कर सकता है।

इंसान दूसरों को परेशान करने के लिए स्वयं समस्याएं पैदा करता है और बाद में उन समस्याओं और उनसे पैदा होने वाली समस्याओं से बचने के लिए स्वयं चिंता करके उन समस्याओं का समाधान ढूंढता है।

इस पुस्तक की कहानियों और भविष्य में प्रकाशित होने वाली कहानियों का विषय भी यही है, लेकिन मैंने कोशिश की है कि उनमें निराशा और आतंक का माहौल पैदा न हो। मनुष्य सृष्टि में सर्वश्रेष्ठ है। यदि उसके द्वारा बनाई गई किसी चीज़ के दुरुपयोग के कारण कोई समस्या उत्पन्न हुई है, तो ईश्वर ने उसे ऐसी क्षमताएं दी हैं कि वह इन क्षमताओं का उपयोग करके उसका समाधान ढूंढ सकता है और उससे छुटकारा पा सकता है।

आप ही निर्णय करें कि मैं अपने प्रयासों में कितना सफल हुआ हूँ। जल्द ही इस श्रृंखला की अगली पुस्तक के साथ मुलाक़ात होगी।

एम. मुबीन

२० मार्च २०२४

चाँद पर फुटबॉल मैच

'अंजल' को कई दिनों से लग रहा था कि उसके पिताजी इक़बाल इन दिनों काफी परेशान नजर आ रहे हैं।

उसने दबे शब्दों में एक-दो बार पूछा।

"पिताजी, कोई समस्या है?"

"नहीं, ऐसी कोई बात नहीं है।"

उसके पिता ने शायद बात टाल दी।

लेकिन अंज़ल का दिल संतुष्ट नहीं हो सका। वह लगातार अपने पिता के चेहरा देख रहा था और उनकी परेशानी को समझने की कोशिश कर रहा था।

लेकिन बात क्या हो सकती है? वह अनुमान नहीं लगा सका।

आख़िर जब उससे सहन नहीं हुआ तो उसने अपने पिता से एक बार फिर पूछा, "पिताजी! आप मुझे कई दिनों से परेशान लग रहे हैं। आप मुझे बताते क्यों नहीं कि मामला क्या है? आप किस बात से परेशान हैं?"

"बात यह है कि तुम्हें बताने से कोई फायदा नहीं।" इकबाल ने ठंडी सांस लेते हुए कहा, "यह बिजनेस की बात है। अगर मैं तुम्हें बताऊं तो भी तुम मेरी मदद नहीं कर पाओगे। तुम ठहरे विज्ञान के आदमी और यह पूरी तरह से व्यापार का मामला है।"

"ऐसा नहीं है पापा।" अनज़ल ने उनसे कहा, "अब, अगर मैं विज्ञान का छात्र हूं, तो यह जरूरी नहीं है कि मुझे बिजनेस बिल्कुल भी समझ नहीं आता। संभव है कि मैं कोई ऐसा रास्ता ढूंढ लूं जिस से आपकी समस्या का समाधान हो जाए।"

"यह सही है। आज मैं तुम्हें अपनी परेशानी का कारण बताऊंगा। इकबाल

साहब ने कहा, "तुम जानते हो कि हमारा सारा पैसा अंतरिक्ष यान कंपनियों में निवेश किया जाता है, जो कंपनियां अंतरिक्ष यान बनाती हैं या जो कंपनियां यात्रियों को अंतरिक्ष में ले जाती हैं।"

"हां यह मैं जानता हूं।" अंज़ल ने जवाब दिया।

"और मैंने इस बिजनेस में अरबों रुपये का निवेश किया है।" इकबाल ने कहा, "सिर्फ मैं ही नहीं, दुनिया में ऐसे हजारों लोग होंगे जिन्होंने इस कारोबार में अरबों रुपये का निवेश किया है। जिन दस कंपनियों में मैंने पैसा लगाया है, उनमें से आठ कंपनियां अंतरिक्ष यात्रा के क्षेत्र में काम करती हैं और अंतरिक्ष यान बनाने वाली दो कंपनियाँ हैं।"

"अच्छा तो फिर...?"

"लेकिन यह बात शायद तुम नहीं जानते होगे। यह कारोबार पिछले दो साल से भारी मंदी का सामना कर रहा है।" इकबाल ने कहा, "दो साल पहले तक लोगों को चाँद पर जाने का जुनून सवार था। चाँद पर हर दिन लाखों लोग आते-जाते थे, इसलिए जो अंतरिक्ष कंपनियाँ अपने अंतरिक्ष यान चाँद पर ले जाती थीं या चाँद से लाती थीं, उनका व्यापार अच्छा चल रहा था और वह अरबों रूपयों की कमाई भी कर रही थीं। लेकिन जब से यह जुनून ख़त्म हुआ, दोनों का कारोबार ठप हो गया है, इस क्षेत्र की कंपनियों को हर साल अरबों रुपये का घाटा हो रहा है, जिसके कारण उनके शेयर की कीमतें तेजी से गिर रही हैं और निवेशकों को अरबों रुपये का घाटा उठाना पड़ रहा है।"

"हाँ, ये तो बेहद चिंता का विषय है। लेकिन यह मंदी कैसे दूर होगी और कंपनियां फिर से मुनाफा कैसे कमाने लगेंगी और निवेशकों की पूंजी सुरक्षित रहेगी?" अंज़ल ने पूछा।

"अगर लोगों का चाँद पर जाने का जुनून लौट आए तो इस बिजनेस में पैसा बरसना शुरू हो जाएगा, लेकिन लोगों का चाँद पर जाने या अंतरिक्ष यात्रा का जुनून खत्म हो गया है। उन लोगों और कंपनियों की हालत तो हमसे भी बदतर है जिन्होंने होटल मुहैया कराने और चाँद पर लोगों के रहने के लिए अन्य सुविधाएं देने वाले बिजनेस खोल रखे हैं। लोग चाँद पर नहीं जा रहे हैं, इसलिए वे सभी होटल खाली पड़े हैं और कारोबार ठप है।"

अंज़ल ने कहा, "सचमुच यह बड़ी चिंता की बात है और यह तभी ठीक

हो सकता है जब लोग अंतरिक्ष और चाँद पर वापस आना-जाना शुरू करेंगे। वे इसके लिए कोई योजना, साधन या रास्ता क्यों नहीं ढूंढते।"

"अंतरिक्ष यान का किराया आधा कर दिया गया है। चाँद पर रहने के लिए होटलों की कीमतें आधी कर दी गई हैं, लेकिन कोई फायदा नहीं हुआ। ऐसा लगता है कि अब लोगों को चाँद पर जाने या अंतरिक्ष यात्रा करने में कोई दिलचस्पी नहीं है।" इकबाल ने निराशा से कहा, "मुझे लगता है कि अगर यही स्थिति अगले दो साल तक जारी रही, तो मैं और मेरे जैसे हजारों लोग भिखारी बन जाएंगे।"

"आप निराश न हों पापा!" अंज़ल ने उन्हें तसल्ली देते हुए कहा, "इतनी जल्दी निराश होने की जरूरत नहीं है। मुझे लगता है कोई रास्ता जरूर निकलेगा।"

बातचीत ख़त्म हुई।

लेकिन अंज़ल का दिमाग तेजी से काम करने लगा।

उसके मन में यह सवाल था कि लोगों को फिर से चाँद पर जाने में दिलचस्पी जगाने का क्या तरीका हो सकता है?

उस दिन विश्व कप फुटबॉल का फाइनल था।

मैच शुरू हो चुका था, इसलिए उसने तुरंत अपने सामने टीवी की बड़ी वर्चुअल स्क्रीन ऑन की और मैच देखना शुरू कर दिया।

वह दो घंटे तक मैच देखने में व्यस्त रहा।

उसे मैच देखने से ज़्यादा दिलचस्पी २ लाख लोगों की भीड़ में थी जो मैच देखने के लिए स्टेडियम में आए थे।

वो इन दो लाख लोगों का उत्साह देख रहा था। लोग दोनों टीमों के प्रमुख फुटबॉल खिलाड़ियों की एक झलक पाने के लिए पागल हो रहे थे जो दो फाइनलिस्ट टीमों का समर्थन कर रहे थे।

मैच ख़त्म हो गया।

लेकिन लोगों के उत्साह और जुनून के दृश्य अंज़ल के दिमाग से नहीं निकल पा रहे थे।

अंज़ल यह देखकर हैरान रह गया कि आज ३०२३ में भी लोगों के दिलों में फुटबॉल के लिए वही जुनून है जो सौ साल पहले था।

मैच का फैसला हो गया। एक टीम मैच हार गई थी और दूसरी जीत गई थी। दोनों ने बहुत अच्छा खेल खेला था और मैच को यादगार बना दिया था। अगर विश्व कप फुटबॉल का फाइनल मैच खेल रही इन दोनों टीमों के बीच मैच होता है तो इस मैच को देखने के लिए ज्यादा से ज्यादा लोग स्टेडियम में आएंगे। भले ही वह मैच दुनिया के किसी भी कोने में हो। इस मैच को देखने के लिए फुटबॉल प्रशंसक वहां उमड़ेंगे।

यह विचार आते ही उसके मन में बिजली कौंध गई, उसने फुटबॉल के दीवानों को अपनी आंखों से देखा था और उनका पागलपन देखकर उसके मन में विचार आया कि यदि यह मैच दुनिया के किसी भी कोने में आयोजित किया जाए तो ये पागल होंगे। ये भी पहुंचेंगे वहां अगर ये मैच चाँद पर हुआ तो हो सकता है कि ये पागल भी इस मैच को देखने चाँद पर पहुंच जाएंगे।

उसका दिमाग तेजी से काम करने लगा और मन में तरह-तरह की योजनाएँ बनने लगीं। रात भर वह नई-नई योजनाएँ बनाता रहा। अगले दिन नाश्ते की मेज पर उसने अपने पिता से बात की।

"पिताजी, अंतरिक्ष यान से संबंधित आपकी सभी समस्याओं का समाधान मेरे पास है।"

"अच्छा।" यह सुनकर अंजल के पिता मुस्कुराए, "दो साल तक पूरी दुनिया के बड़े-बड़े विशेषज्ञ इस समस्या का समाधान नहीं ढूंढ सके और तुमने इसे एक रात में हल कर दिया?"

"हाँ।"

"अच्छा बताओ तुमने इस गंभीर समस्या का क्या समाधान निकाला है।"

"मुझे यकीन है कि चाँद की यात्रा में लोगों की रुचि फिर से बढ़ेगी और हजारों लोग चंद्रमा पर जाने के लिए तैयार होंगे, तब आपके सभी बंद अंतरिक्ष यान को काम मिल जाएगा और घाटा उठाने वाली कंपनियां फिर से मुनाफा कमाना शुरू कर देंगी।"

"आखिर में भी तो सुनूं... वह कौन सा रास्ता है जो लोगों को दोबारा चाँद पर ले जाएगा?" इक़बाल ने पूछा।

"अगर इस क्षेत्र में काम करने वाली आपकी सभी कंपनियां मिलकर विश्व कप फुटबॉल मैच खेलने वाली दो टीमों के बीच एक मैच चाँद पर आयोजित

करने का प्रयास करें।"

"चाँद पर फुटबॉल मैच!"

इक़बाल साहब ने कहा, "तुम पागल तो नहीं हो गए। भला चाँद पर फुटबॉल मैच कैसे हो सकता है?"

"क्यों नहीं हो सकता, अगर विश्व फुटबॉल महासंघ ऐसा चाहे तो, उसे इसके लिए मनाना आपका काम है। लेकिन ये काम और ये मैच एक महीने के अंदर होना चाहिए। अभी लोगों में जोश है, वे निश्चित रूप से दोनों टीमों को फिर से खेलते हुए देखना चाहंगे। लेकिन अगर अधिक दिन बीत गए, तो लोगों का उत्साह ठंडा हो जाएगा और उस समय मैं यह नहीं बता सकता कि उसकी सफलता की संभावना क्या होगी। लेकिन आज की परिस्थितियों में मैं दावे के साथ कह सकता हूं कि अगर चाँद पर फुटबॉल मैच आयोजित किया जाए तो वह बहुत सफल होगा।"

अंज़ल एक पल के लिए रुका और फिर बोला।

"लोग बड़ी संख्या में इस फुटबॉल मैच को देखने जाएंगे, तब आपकी कंपनियों के बाद उन अंतरिक्ष यान को काम मिलेगा, जो अंतरिक्ष यान बन कर तैयार हैं, मगर उनके पास कोई खरीदार नहीं है। संभव है कि जब चाँद पर जाने वाले लोगों की भीड़ उमड़ेगी तो कुछ नई कंपनियां भी इस क्षेत्र में कूद पड़ेंगी और वे इन तैयार अंतरिक्ष यानों को खरीदकर यात्रियों को ले जाना शुरू कर देंगी। जो लोग चाँद पर फुटबॉल मैच देखने जाएंगे वो चाँद पर ही रुकेंगे। इस तरह चाँद पर बंद पड़े होटलों को भी कारोबार मिलेगा। चाँद का पर्यटन कारोबार, जो बंद हो चुका है, फिर से शुरू हो जाएगा।"

"प्रस्ताव तो बहुत अच्छा है, लेकिन चाँद पर फुटबॉल मैच का आयोजन कौन करेगा?" इकबाल ने पूछा, "दोनों टीमों को चाँद पर मैच खेलने के लिए कौन मनाएगा?"

"यह करना सबसे आसान काम है।"

"यह एक आसान काम है?" इकबाल साहब ने अंज़ल की ओर देखा "मुझे लगता है कि सबसे मुश्किल काम यही है, कोई भी चाँद पर फुटबॉल मैच आयोजित करने के लिए तैयार नहीं होगा।"

"दुनिया भर में अंतरिक्ष यात्रा की सुविधा मुहैया कराने वाली कंपनियों ने

किसी तरह विश्व कप फुटबॉल महासंघ के अधिकारियों को चाँद पर यह मैच आयोजित करने के लिए मना लिया तो टिकट बेचकर वे करोड़ों कमाएंगे।" अंज़ल ने उन्हें समझाया।

"ठीक है।"

इक़बाल साहब को भी अंज़ल की बात अच्छी लगी।

चाँद पर सभी कंपनियों और होटलों का कारोबार करने वाली कंपनियों की तीन दिनों बाद बैठक हुई।

इक़बाल साहब ने अपने सुझाव प्रस्तुत किये और सभी को उनका सुझाव पसंद आया।

"ओह, सचमुच, यह एक बहुत ही गंभीर प्रस्ताव है। सभी ने एक स्वर में कहा, "यदि विश्व फुटबॉल महासंघ इस फुटबॉल मैच के आयोजन के लिए सहमत हो जाए तो हमारे व्यापार की मंदी एक झटके में दूर हो जाएगी।"

कई सदस्यों ने आत्मविश्वास से कहा,

"हम उन्हें मना लेंगे।"

दो दिन के भीतर सभी कंपनियों के प्रतिनिधियों और विश्व फुटबॉल महासंघ के प्रतिनिधियों की एक आपातकालीन बैठक हुई, जिसमें चाँद पर दो फ़ाइल टीमों के बीच मैच आयोजित करने का प्रस्ताव रखा गया।

सबसे पहले तो फेडरेशन प्रतिनिधियों ने इस तरह का मैच आयोजित करने से इनकार कर दिया और चाँद पर मैच खेलने की समस्याओं का हवाला दिया।

लेकिन जब उन्हें बताया गया कि इससे फेडरेशन को संभावित रूप से करोड़ों का राजस्व मिल सकता है और अंतरिक्ष यान कंपनियां मैच के आयोजन की भारी लागत वहन करने को भी तैयार थीं।

इसके बाद फेडरेशन चाँद पर फुटबॉल मैच आयोजित करने के लिए तैयार हो गया।

तुरंत ही पूरी दुनिया में यह घोषणा की गई कि एक महीने बाद विश्व फुटबॉल कप के फाइनल का मैच दोनों टीमों के बीच चाँद पर खेला जाएगा और मैच के टिकट तय हो गए और टिकटें बिकनी भी शुरू हो गईं।

ट्रैवल कंपनियों ने चाँद पर यात्रियों को लाने के लिए अंतरिक्ष यान की बुकिंग भी शुरू कर दी।

चाँद पर होटल के मालिकों ने भी चाँद पर आने वाले मैच के प्रशंसकों को ठहराने के लिए अपने होटल बुक करना शुरू कर दिया।

वर्षों पहले चाँद पर खेल प्रतियोगिताएं आयोजित करने के लिए एक स्टेडियम बनाया गया था, जिसमें एक समय में १० हजार दर्शक बैठ सकते थे। लेकिन लोगों ने चाँद पर जाना बंद कर दिया, इसीलिए स्टेडियम सुनसान था।

यह निर्णय लिया गया कि यह फुटबॉल मैच इसी स्टेडियम में खेला जाएगा। इसलिए तुरंत इस स्टेडियम की सफाई शुरू की गई और आवश्यक व्यवस्थाएं की गईं।

इसके लिए तुरंत हजारों लोगों को चाँद पर भेजा गया और चाँद पर अंतरिक्ष उड़ानें शुरू हुईं।

पांच दिनों के भीतर, फुटबॉल मैच के सभी टिकट बिक गए। दस हजार टिकट खरीदने वाले फुटबॉल प्रशंसकों ने अंतरिक्ष यात्रा के लिए बुकिंग शुरू कर दी और यहां तक कि चाँद पर रहने के लिए भी बुकिंग की।

कुछ ही दिनों में, अंतरिक्ष यान की सभी सीटें और होटल भर गए, और बीस हजार से अधिक लोग चाँद पर मैच देखने के लिए टिकट खरीदने और यात्रा करने के लिए तैयार थे। लेकिन उन्हें निराशा का सामना करना पड़ा।

दोनों फुटबॉल टीमों के खिलाड़ी भी काफी खुश थे। इस मैच के लिए उन्हें अच्छी खासी रकम दी जा रही थी। इसके अलावा उन्हें मुफ्त में चाँद पर घूमने का भी मौका मिल रहा था। इसीलिए इस मैच के लिए उनके अंदर एक नया उत्साह भर गया था।

जिन लोगों को इस मैच के टिकट नहीं मिले उन्होंने दंगे शुरू कर दिए।

कुछ लोगों ने अपने खरीदे हुए टिकट और अंतरिक्ष यान के टिकट को ऊंचे दामों पर बेचना शुरू कर दिया।

फेडरेशन पर हर तरफ से दबाव था कि जो लोग टिकट मांग रहे हैं उन्हें तुरंत टिकट मुहैया कराया जाए। लेकिन फेडरेशन के पास एक भी टिकट नहीं बचा था इसलिए फेडरेशन ने घोषणा कर दी कि इन्हीं टीमों के बीच दूसरा मैच २० दिन बाद चाँद पर खेला जाएगा और टिकट आठ दिन बाद बेचे जाएंगे।

आठ दिन बाद एक ही दिन में सारी टिकटें बिक गईं, फिर भी हजारों लोग टिकट मांग रहे थे। अंतरिक्ष यान की सीटें भी तुरंत भरना शुरू हो गईं।

घबराकर फेडरेशन ने घोषणा की कि अगर मांग यही रही तो एक माह बाद चाँद पर एक और फुटबॉल मैच का आयोजन किया जायेगा। इस प्रकार लोग संतुष्ट हुए।

अंज़ल के पिता बहुत खुश थे।

अंज़ल ने एक ऐसा तरीका निकाला जिससे उन्हें और उनके जैसे हजारों लोगों को अरबों रुपये डूबने से बचाया गया, लेकिन अब वह उनसे लाभ कमाएंगे क्योंकि जो व्यवसाय मंदी में था वह फिर से बढ़ गया है।

✍✍

अंतरिक्ष में ताज महल

वह एक विज्ञापन था जिसे पढ़ते ही अनज़ल के होठों पर मुस्कान आ गई।

'वी एंटरटेन' (हम मनोरंजन करते हैं) दुनिया की सबसे बड़ी मनोरंजन कंपनी अंतरिक्ष में पिकनिक स्पॉट बनाना चाहती है। अंतरिक्ष में बनने वाले इस पिकनिक स्पॉट को लेकर जिस किसी का भी विचार और सुझाव स्वीकार किया जाएगा उसे दस लाख रुपये का इनाम दिया जाएगा।

यह साल २१५३ था। सचमुच 'वी एंटरटेन' दुनिया की सबसे बड़ी कंपनी थी, जिसने दुनिया भर में ऐसे मनोरंजन पार्क बनाए थे जो हैरान कर देने वाले थे। इस पार्क को देखने के लिए हर दिन हजारों लोग आते थे, कंपनी का कारोबार दिन-ब-दिन फल-फूल रहा था और उसका मुनाफा भी दिन-ब-दिन बढ़ता जा रहा था।

अब वही कंपनी अंतरिक्ष में कोई पिकनिक स्पॉट बनाना चाहती है, तो यह सचमुच कंपनी का एक अछूता विचार था। लेकिन उस अछूते विचार को निर्माण के रूप में बताना कि अंतरिक्ष का वह पिकनिक स्पॉट किस प्रकार का हो? और भी अधिक अछूता विचार हो सकता था।

कंपनी इस आइडिया के लिए काफी कीमत भी चुका रही थी। १० लाख का इनाम पाने के लिए दुनिया भर के करोड़ों लोगों के दिमाग में यह ख्याल आने लगा कि उन्हें भी बुकिंग स्पॉट के लिए एक अनोखा अछूता आइडिया पेश करके इस इनाम को जीतना चाहिए। इसलिए, कंपनी को दुनिया भर से लाखों विचार और सुझाव प्राप्त हुए।

उसने भी अंतरिक्ष के इस पिकनिक स्पॉट के लिए अपना विचार भेज दिया

था। प्राप्त हुए लाखों विचारों में से १० अनूठे विचारों को कंप्यूटर द्वारा चुनकर कंपनी के अध्यक्ष मिस्टर हर्बर्ट के सामने रखा गया। मिस्टर हर्बर्ट ने अपनी कंपनी के सभी निदेशकों और इन दस विचारकों के साथ एक बैठक की।

इस मीटिंग में इन लोगों को बताना था कि उनका आइडिया कितना अनोखा है और इस आइडिया को कैसे लागू करना है।

सौभाग्य से इन दस चयनित विचारों में अंज़ल का विचार भी था। कंपनी का मुख्य कार्यालय अमेरिका में था। जो लोग ये दस चुनिंदा आइडिया लेकर आए, उन्हें कंपनी ने हवाई जहाज का टिकट भेजकर मीटिंग के लिए आमंत्रित किया।

निमंत्रण के साथ अंज़ल को भी अमेरिका आने के लिए हवाई जहाज का टिकट मिला। इसलिए उसने तुरंत अमेरिका जाने की तैयारी शुरू कर दी।

मुलाकात वाले दिन से दो दिन पहले वह अमेरिका आ गया। एक दिन उसने आराम किया और अगले दिन की बैठक के लिए खुद को अच्छी तरह से तैयार किया।

मीटिंग सही समय पर शुरू हुई। मीटिंग में एंटरटेन कंपनी के सभी डायरेक्टरों के साथ, बुलाए गए दस लोग भी मौजूद थे।

“हां, मिस्टर रॉबर्ट, बताएं कि हमारे पिकनिक स्थल के लिए आपने क्या विचार दिया है?”

“मुझे लगता है कि अंतरिक्ष में एक सबसे खूबसूरत गार्डन बनाया जाना चाहिए। ऐसा बगीचा, जैसा दुनिया में कोई और नहीं।”

रॉबर्ट की बात सुनकर कंपनी के एक डायरेक्टर ने हंसते हुए कहा।

“ मिस्टर रॉबर्ट, पिकनिक स्पॉट के लिए यह आपका सबसे बेतुका विचार है। मिस्टर रॉबर्ट, अंतरिक्ष में न तो पानी है और न हवा, तो फिर आप वहां एक सुंदर बगीचा कैसे बना सकते हैं? यह भी मान लिया जाए कि इस गार्डन को हमने दुनिया में बना लिया और इसे अंतरिक्ष में ले गए, लेकिन इस गार्डन के पेड़-पौधों को जीवित रखने के लिए हमें पानी कहां से मिलेगा? मेरी राय में यह बहुत ही बेतुका विचार है।”

रॉबर्ट अपना सा मुंह लेकर रह गया और उसे अपने इस विचार पर गुस्सा आने लगा। अंतरिक्ष में तो न पानी है और न मिट्टी। फिर वहां बगीचा

कैसे बनाया जा सकता है और इस बगीचे में फूल-पौधे कैसे जीवित रखे जा सकते हैं।

"ठीक है दूसर लोग अपने विचार प्रस्तुत करें।" एक निर्देशक ने कहा, तो दूसरे व्यक्ति ने अपना विचार प्रस्तुत किया।

"अगर हम अंतरिक्ष में इस पिकनिक स्पॉट पर स्टैच्यू ऑफ लिबर्टी का निर्माण करते हैं, तो लोग अंतरिक्ष में बने इस स्टैच्यू ऑफ लिबर्टी को देखने के लिए निश्चित रूप से वहां आएंगे।"

उसकी बात सुनकर एक पल के लिए सभी चुप हो गए, फिर एक डायरेक्टर बोला।

"खैर, यह विचार सही है, लेकिन स्टैच्यू ऑफ लिबर्टी इतना आकर्षक नहीं है कि लोग इसे देखने के लिए अंतरिक्ष की यात्रा करें, वे इसे दुनिया में वास्तविक स्थिति में भी देख सकते हैं। इसे देखने के लिए अंतरिक्ष की यात्रा करना जरूरी नहीं है। इसलिए मुझे लगता है कि ये आइडिया भी एक असफल आइडिया है।"

इस पर और भी कई लोगों ने इसका समर्थन किया।

अगले व्यक्ति को विचार प्रस्तुत करने के लिए कहा गया जो अंज़ल की तरह ही भारत से आया था।

"मुझे लगता है, यदि अंतरिक्ष में राम मंदिर का मॉडल बनाया जाए तो लोग निश्चित रूप से राम मंदिर देखने और भगवान राम के दर्शन के लिए अंतरिक्ष में जरूर जाएंगे।"

कई निर्देशक इस विचार पर ज़ोर से हँस पड़े।

"राम मंदिर देखने और भगवान राम के दर्शन तो सिर्फ हिंदू ही करेंगे ना?" एक डायरेक्टर ने उससे पूछा।

"हाँ..." उसने उत्तर दिया।

"हमें एक ऐसा पिकनिक स्पॉट बनाना है जिसमें दुनिया भर के लोगों को दिलचस्पी हो, ताकि वह हमेशा आबाद रहे, लोग उसे देखने आते रहें। उसे किसी धर्म या संप्रदाय विशेष का पिकनिक स्पॉट नहीं बनाना है।"

इसके बाद दो-तीन और लोगों ने इस पिकनिक स्पॉट के लिए अपने विचार प्रस्तुत किये। लेकिन थोड़ी देर की चर्चा के बाद उनके विचारों को भी

खारिज कर दिया गया, जिसके बाद अंज़ल की बारी थी।

"मुझे लगता है कि हमें अंतरिक्ष में इस पिकनिक स्थल पर ताज महल बनाना चाहिए। अपने निर्माण के बाद से ही ताज महल ने अपनी खूबसूरती से दुनिया भर के लोगों को आकर्षित किया है।

चांदनी रात में इसका नजारा बेहद आकर्षक होता है और इसे देखने के लिए दुनिया भर से लोग आते हैं। जब केवल एक चंद्रमा की रोशनी इस पर पड़ती है तो यह इतना सुंदर लगता है, अंतरिक्ष में तो पता नहीं कितने चंद्रमाओं की कितने प्रकार की रोशनी पड़ेगी, तब यह कितना सुंदर लगेगा! यह विचार ही लोगों को अंतरिक्ष में बने हमारे पिकनिक स्पॉट पर ले जाएगा। ताज दूर से बहुत अच्छा दिखता है। जाहिर सी बात है कि जब लोग अंतरिक्ष यान में बैठकर इस पिकनिक स्पॉट पर जाएंगे तो दूर से इस ताज महल का नजारा कितना खूबसूरत होगा। उम्मीद है कि इस नजारे को देखने के लिए लोग बार-बार अंतरिक्ष की यात्रा करेंगे। बल्कि वे अंतरिक्ष यान संचालक से ताज महल के चारों ओर दो या तीन चक्कर लगाने का अनुरोध करेंगे ताकि वे ताज महल को अच्छी तरह से देख सकें।"

अंज़ल की यह बात सुनकर सभा में सन्नाटा छा गया।

काफी देर तक किसी ने कुछ नहीं कहा। हर कोई अंज़ल के विचारों और उसकी कही बातों के बारे में सोच रहा था और अपनी कल्पना के आधार पर अंज़ल की बातों को परखने की कोशिश कर रहा था।

काफी समय बाद आखिरकार एक डायरेक्टर ने चुप्पी तोड़ी।

"अंतरिक्ष में ताज महल बनाने का विचार बहुत अच्छा विचार है। मुझे लगता है कि यह एक सफल विचार है। यदि हम इस विचार को क्रियान्वित करेंगे तो हम अपने लक्ष्य में सफल होंगे। दुनिया भर से लोग हमारे पिकनिक स्पॉट पर ताज महल देखने जरूर आएंगे। इस तरह वे एक साथ दो काम करेंगे, अंतरिक्ष यात्रा भी होगी और ताज महल भी देखेंगे।"

"मैं इस विचार से पूरी तरह सहमत हूं। अंतरिक्ष में पिकनिक स्पॉट के लिए यह सबसे अच्छा विचार है। मैं इस विचार का पूरा समर्थन करता हूं।" दूसरे निर्देशक ने कहा।

"मैं भी..." तीसरे निर्देशक ने कहा।

लगभग सभी निदेशकों को यह विचार पसंद आया और उन्होंने इसे लागू करने पर जोर दिया।

हालाँकि, कोई भी निर्देशक इस विचार में गलती नहीं निकाल सका और अंज़ल के विचार को मंजूरी दे दी गई।

अन्य सभी प्रस्तुतकर्ताओं को बर्खास्त कर दिया गया और बैठक में अंज़ल को रोक लिया गया।

"मिस्टर अनज़ल, आपने अंतरिक्ष में ताज महल बनाने का विचार बहुत अच्छे से प्रस्तुत किया। लेकिन यह उतना आसान नहीं है जितना आपने यह विचार प्रस्तुत किया है? आपका विचार स्वीकृत है लेकिन साथ ही आपको अपने विचार के अनुरूप ताज महल कैसे बनाया जाए इसकी पूरी योजना भी देनी होगी। जाहिर सी बात है कि हम अंतरिक्ष में ताज महल नहीं बना सकते। इसे जमीन पर बनाना होगा। चलो हमने पृथ्वी पर ताज महल बना लिया, जो असली ताज महल की नकल होगी, फिर सबसे बड़ी समस्या इसे अंतरिक्ष में ले जाने की होगी। इतने भारी ताज महल को हम अंतरिक्ष में कैसे ले जायेंगे?" निर्देशक से पूछा।

"हम इस ताज महल को आसानी से अंतरिक्ष में ले जा सकते हैं।" अंज़ल ने पूरी संतुष्टि के साथ उत्तर दिया।

"मिस्टर अंजल, आप यह ऐसे कह रहे हैं जैसे आपको कोई बड़ा ताज महल अंतरिक्ष में नहीं ले जाना है, सिर्फ एक सेल फोन ले जाना है। जिसे अपनी जेब में रखा और अंतरिक्ष में चले गए?" एक निर्देशक ने गुस्से में पूछा।

"सर, मुझे बताएं कि आज बनाया गया सबसे बड़ा अंतरिक्ष यान कितना बड़ा है।"

अंज़ल ने उस डायरेक्टर से सवाल किया.

"यह इतना बड़ा है कि इसमें एक छोटा सा शहर बसा हुआ है।" उस निर्देशक ने जवाब दिया। "उसी अंतरिक्ष यान को देखकर हमारे मन में ख्याल आया कि अगर अंतरिक्ष में एक छोटा सा शहर बसाया जा सकता है तो अंतरिक्ष में एक पिकनिक स्पॉट भी आसानी से बनाया जा सकता है। लेकिन वह पिकनिक स्पॉट इतना मनमोहक और आकर्षक हो कि लोग उसे देखने आ सकें, इसलिए यह विचार बनाया गया।"

“सर, दो तरीके हैं।” अंजल ने जवाब दिया। “जिस तरह दुनिया का सबसे बड़ा अंतरिक्ष यान एक छोटे से शहर के साथ आसानी से बनाया गया था और अंतरिक्ष में लॉन्च किया गया था, आज यह आसानी से अंतरिक्ष में चला जाता है। यह जमीन पर भी आता है। वह अंतरिक्ष में जहां जाना चाहे जा सकता है। हमारा यह पिकनिक स्पॉट, जो कि ताज महल के आकर्षण का केंद्र होगा, एक बड़े अंतरिक्ष यान पर बनाया जाएगा और यह अंतरिक्ष में भी उतनी ही आसानी से पहुंच जाएगा, जितनी आसानी से एक अंतरिक्ष यान अंतरिक्ष में जाता है।

“जी हाँ, ये वाकई बहुत आसान काम है। खैर, इसी तरह हम एक बड़े अंतरिक्ष यान पर पिकनिक स्पॉट और ताज महल बनाएंगे और उसे अंतरिक्ष में ले जाएंगे। अंज़ल, आपका विचार स्वीकार कर लिया गया है और आपको इस विचार के लिए इनाम का हकदार घोषित किया गया है। जब आप जाएं तो अपना इनाम ले जाना।”

“यह तो बस मेरा पहला विचार है। मेरे पास एक और विचार भी है। यह आइडिया ऐसा है जिस पर काफी खर्च आएगा। क्योंकि हमें ताज महल को एक अंतरिक्ष यान पर बनाना होगा और एक अंतरिक्ष यान को बनाने में बहुत लागत आती है। इस अंतरिक्ष यान से हम अंतरिक्ष में आसानी से ताज महल को पहुंचा देंगे। लेकिन अंतरिक्ष में पहुंचने के बाद इस अंतरिक्ष यान का काम ख़त्म हो जाएगा। तब इस अंतरिक्ष यान का उपयोग नहीं किया जा सकेगा क्योंकि पिकनिक स्पॉट और उस पर बना ताज महल अंतरिक्ष में ही रहेगा, उसे अंतरिक्ष में कहीं नहीं जाना पड़ेगा और वह कभी धरती पर नहीं आएगा, इसलिए अरबों रुपये खर्च करने की जरूरत पड़ेगी एक अंतरिक्ष यान के निर्माण पर। लेकिन हम उन अरबों रुपये को दूसरे तरीके से बचा सकते हैं।”

“क्या? अरबों रुपये बचा सकते हैं, कैसे?” अंज़ल की बात सुनकर सभी डायरेक्टर्स के कान खड़े हो गए। “अगर कोई अन्य विचार है जो हमारी कंपनी के अरबों रुपये बचा सकता है, तो कृपया हमें बताएं।”

“हम आपको इस विचार और हमारी कंपनी के अरबों रुपये बचाने के लिए पुरस्कृत करेंगे।”

“यह आप पर निर्भर है कि आप मुझे इस विचार के लिए पुरस्कृत करें

या नहीं। मुझे विचार के साथ-साथ पूरी योजना भी प्रस्तुत करनी थी, इसलिए मेरा विचार भी इस योजना का एक हिस्सा है। अब यह आप पर निर्भर है कि आप मेरी पहली योजना या दूसरी वाली को मंजूरी दें।" अंज़ल ने कहा।

"अंज़ल दूसरी नई योजना बताओ।" कंपनी के अध्यक्ष ने अंज़ल से कहा।

अंज़ल ने उत्तर दिया, "दूसरा तरीका वह है जिसमें उपग्रह बनाए जाते हैं और उन्हें अंतरिक्ष में भेजा जाता है। वे या तो अंतरिक्ष में निलंबित होते हैं या पृथ्वी की परिक्रमा करते हैं। हमें इस पिकनिक स्पॉट को परिक्रमा करने वाले क्षुद्रग्रह की शैली में बनाने की कोई आवश्यकता नहीं है क्योंकि हमारा पिकनिक स्पॉट ऐसे स्थान पर निलंबित किया जाएगा जहां पिकनिक स्पॉट पर जाने वाले अंतरिक्ष यान आसानी से पहुंच सकें। यदि हम इस पिकनिक स्पॉट को परिक्रमा करते हुए क्षुद्रग्रह की शैली में बनाते हैं, तो एक समस्या होगी कि आने वाले अंतरिक्ष यान को यह पता नहीं चलेगा कि पिकनिक स्पॉट उस समय कहां है। वह उस बिंदु से हजारों मील दूर चला गया होगा।"

"नहीं, अगर हमें पिकनिक स्पॉट और ताज महल को क्षुद्रग्रह की शैली में बनाना है, तो हम इसे निलंबित क्षुद्रग्रह की शैली में बनाएंगे। इसे ऑर्बिटर की तरह ही बनाना सबसे बड़ी मूर्खता होगी और समस्याएं भी पैदा होंगी।"

"तो आप इस पिकनिक स्पॉट और ताज महल को उपग्रह के आकार में बना सकते हैं और फिर इसे अंतरिक्ष यान द्वारा अंतरिक्ष में ले जाकर एक निश्चित बिंदु पर छोड़ सकते हैं। इस प्रकार, आपको किराए के अंतरिक्ष यान द्वारा क्षुद्रग्रह को अंतरिक्ष में ले जाने के लिए केवल एक बार भुगतान करना होगा, जो अंतरिक्ष यान पर पिकनिक स्पॉट बनाने और उसे अंतरिक्ष में ले जाने की तुलना में बहुत कम होगा।"

"नहीं, नहीं, मिस्टर अंज़ल, आपके दूसरे विचार के अनुसार, हम एक क्षुद्रग्रह की शैली में एक पिकनिक स्पॉट का ताज महल बनाएंगे और इसे किराए के अंतरिक्ष यान द्वारा अंतरिक्ष में ले जाएंगे, इस प्रकार हमारे निर्माण पर खर्च होने वाले अरबों रुपये बच जाएंगे। अंतरिक्ष यान... अब हमें इस पिकनिक स्पॉट को वापस धरती पर लाने या अंतरिक्ष में एक जगह से दूसरी जगह ले जाने की जरूरत नहीं है। एक बार अंतरिक्ष में पहुंचने के बाद यह इसी स्थान पर मौजूद रहेगा, इसलिए इस अंतरिक्ष यान पर निर्माण करने की क्या

आवश्यकता है।" एक निदेशक ने तुरंत कहा।

"मिस्टर अंज़ल, हमारी कंपनी आपकी आभारी है। आपने हमारी कंपनी के पिकनिक स्पॉट के लिए इतना अच्छा आइडिया दिया है और आइडिया देते समय इस बात का भी ख्याल रखा है कि इससे कंपनी को अरबों रुपये की मदद मिले।" एंटरटेन के चेयरमैन ने अंजल से कहा,

इस आइडिया के लिए आपको दस लाख का इनाम तो मिलेगा, लेकिन दूसरा आइडिया, जिसके जरिए आपने कंपनी के अरबों रुपये बचाए हैं, उसके लिए भी आपको इनाम दिया जाएगा और हम आपसे अनुरोध करते हैं कि जबतक पिकनिक स्पॉट और ताज महल बन कर तैयार न हो जाए, आपको हमारी कंपनी में भारी वेतन पर नौकरी दी जाती है। आपको इस प्रोजेक्ट का प्रभारी बनाया जाएगा और पूरा प्रोजेक्ट आपकी देखरेख में तैयार किया जाएगा। अतः हम आपसे अनुरोध करते हैं कि हमारा अनुरोध स्वीकार करें।" चेयरमैन ने अंज़ल से विनम्रतापूर्वक अनुरोध किया।

"ठीक है, मैं आपका अनुरोध स्वीकार करता हूँ।" अंज़ल के इतना कहते ही सभी के चेहरे खुशी से खिल उठे और इतनी अच्छी नौकरी पा कर अंज़ल की तो मानो लॉटरी लग गई थी।

✍✍

नई नदी

२०३७ शुरू हो गया है।

तीसरा साल शुरू हो चुका था। पूरे देश में बारिश की एक बूंद भी नहीं गिरी। पूरा देश सूखे की चपेट में था, लोग पानी की एक-एक बूँद के लिए तरस रहे थे। १०० रुपये प्रति लीटर दाम देने के बाद भी पानी नहीं मिल रहा था। सभी राज्यों ने अपने राज्यों में बहने वाली नदियों और नालों का पानी रोक दिया था और देश में पानी के नाम पर गृह युद्ध की स्थिति पैदा हो गई थी।

चारे और पानी के अभाव में जानवर मर रहे थे। किसी तरह पीने के लिए तो लोगों को पानी मिल जाता था, लेकिन इस्तेमाल के लिए मुश्किल से मिलता था। सभी तालाब और कुएं सूख गये थे और भूमिगत जल स्तर इतना नीचे चला गया था कि हजारों फीट कुएं और बोरवेल खोदने के बाद भी पानी नहीं मिलता था।

दो साल से बारिश की कमी के कारण नदी-नालों का जलस्तर भी काफी कम हो गया था। लेकिन राज्यों ने पानी और नदियों के प्रवाह को रोक दिया और पूरे राज्य में पानी की आपूर्ति की जाने लगी।

इस प्रकार, जिन राज्यों में बड़ी नदियाँ और नाले थे, वहाँ लोगों को पीने के लिए पानी उपलब्ध था और सरकार स्वयं लोगों को दैनिक राशन के रूप में पानी की आपूर्ति कर रही थी। लेकिन जिन राज्यों में नदियाँ नहीं थीं उनका बहुत बुरा हाल था।

उनके सारे जल भंडार ख़त्म हो चुके थे और दूसरे राज्यों से पानी न मिलने के कारण लोग पानी की एक-एक बूँद के लिए तरस रहे थे।

तटीय इलाकों में हालात कुछ बेहतर रहे। सरकार ने समुद्री जल को पीने

योग्य या उपयोग योग्य बनाने के लिए कारखाने स्थापित किये थे। इससे इन इलाकों के लोगों को पानी मिल जाता था और जो अतिरिक्त पानी बच जाता था, उसे उन राज्यों में सप्लाई कर दिया जाता था, जहां भयंकर सूखा पड़ा था।

सबसे खराब स्थिति राजस्थान और मध्य प्रदेश के कुछ इलाकों में थी, उत्तर प्रदेश में काफी अच्छी स्थिति थी। गंगा और जमना के पानी से पूरे यूपी को सप्लाई होती थी। गर्मी के कारण हिमालय की बर्फ पिघलने से गंगा में पर्याप्त पानी आ रहा था, इसलिए इस राज्य में पानी की कोई कमी नहीं थी।

लेकिन उसके पड़ोसी राज्य बिहार का बुरा हाल था। हिमालय से निकलकर बिहार में गंगा में मिलने वाली छोटी-छोटी नदियों के कारण बिहार में गंगा नदी में पानी कम था। इस बात पर आए दिन दोनों राज्यों में घमसान का युद्ध होता। बड़ी मुश्किल से यूपी के लोग एक दिन के लिए गंगा का पानी देने को राजी होते थे। इस प्रकार, वहां की स्थिति बेहतर हो रही थी।

लेकिन राजस्थान की हालत खराब होती जा रही थी और लोग सरकार से पानी की मांग को लेकर रोजाना सड़कों पर उतर रहे थे। अनाज आदि विदेशों से आयात किया जाता था लेकिन पानी एक गंभीर समस्या थी।

प्रधानमंत्री के सलाहकारों ने प्रधानमंत्री को चेतावनी दी थी कि यदि शीघ्र ही राजस्थान की जनता के लिए पानी की व्यवस्था नहीं की गई तो गृहयुद्ध की आशंका है और संभव है कि यह गृहयुद्ध पूरे देश में फैल जाए।

राजस्थान में सूखे और पानी की समस्या को सुलझाने के लिए प्रधानमंत्री ने कई विशेषज्ञों के साथ बैठकें की थीं, इस समस्या के समाधान के लिए कई सुझाव भी सामने आए थे, लेकिन सभी सुझाव ऐसे थे कि उन पर अमल करना बहुत मुश्किल था या फिर काफी समय लग जाता। उन्हें लागू करने के लिए बहुत सारे धन की आवश्यकता थी। दो साल के इस सूखे से सरकार का खजाना पहले ही खाली हो चुका था। इसलिए, सरकार किसी भी ऐसे प्रस्ताव को लागू करने से पीछे हट जाती थी जिसमें अधिक लागत शामिल हो।

अपने सलाहकारों की ताजा रिपोर्ट ने भी प्रधानमंत्री को चिंता में डाल दिया। उन्होंने टीवी और सोशल मीडिया पर आकर राजस्थान की चिंताजनक स्थिति को देश की जनता के सामने रखा और उनसे अपील की कि वे मानवता के नाते राजस्थान के लोगों की मदद करें या इन लोगों को इस मुसीबत से निजात दिलाने के

लिए अपने स्तर पर सुझाव दें।

लोगों को राजस्थान की प्यासी जनता से सहानुभूति थी, लेकिन कोई भी राज्य अपने राज्य का पानी राजस्थान को देने को तैयार नहीं था।

इस समस्या को हल करने का कोई रास्ता नहीं था।

प्रधानमंत्री की अपील पर सैकड़ों लोगों ने इस समस्या के समाधान के लिए सुझाव भेजे थे, लेकिन इन सुझावों पर विचार करने के लिए जो समिति बनाई गई, उसने सभी सुझावों को खारिज कर दिया। इस आधार पर कि इन्हें लागू करने में कई साल लग जाएंगे या बहुत अधिक पूंजी की आवश्यकता होगी।

केवल एक सुझाव ऐसा था जिसने सब को चौंका दिया। यह केवल एक पंक्ति का था।

"हिमालय की अतिरिक्त बर्फ को पिघला कर उससे प्राप्त पानी राजस्थान के लोगों को दिया जाए। हिमालय की अतिरिक्त बर्फ को पिघलाने से इतना पानी मिल जाएगा कि इससे राजस्थान के लोगों के पीने के पानी की समस्या को दूर हो जाएगी।"

यह सुझाव एक कॉलेज छात्र अंज़ल ने दिया था।

इस प्रस्ताव पर पहले तो गरमागरम बहस हुई और इसे एक बेतुका प्रस्ताव बताकर खारिज करने की सिफ़ारिश भी की गई क्योंकि इस कार्य द्वारा दिखाई गई संभावनाओं के आधार पर हिमालय से पिघले बर्फ के पानी को राजस्थान तक पहुंचाना असंभव लग रहा था।

हिमालय से राजस्थान की दूरी लगभग आठ सौ किलोमीटर है। ८०० किलोमीटर तक पानी ले जाना असंभव लग रहा था।

इस प्रस्ताव को लागू करने के लिए कंपनी ने आपस में सलाह-मशविरा किया और इसे खारिज कर दिया।

कंपनी के एक सदस्य ने सलाह दी।

"हिमालय से राजस्थान तक एक पाइपलाइन बिछाई जानी चाहिए और इस पाइपलाइन के माध्यम से हिमालय से पिघले बर्फ के पानी को राजस्थान तक पहुंचाया जाना चाहिए।"

यही सही तरीका लग रहा था। लेकिन इस रास्ते में इतनी दिक्कतें थीं कि इसे लागू नहीं किया जा सकता था।

“इस पाइपलाइन को बिछाने में कई साल लग सकते हैं। यदि यह कार्य वर्षों में समाप्त होता है, तो इस कार्य को करने का उद्देश्य क्या है? लोगों को वर्षों बाद नहीं, अभी पानी चाहिए।” एक सदस्य ने यह कहकर इसे खारिज कर दिया।

“फिर इस काम पर अरबों रुपए खर्च होंगे, भले ही हम इस काम को युद्ध स्तर पर करें, लेकिन इस लागत के लिए अरबों रुपए कहां से आएंगे? सरकार का खजाना पहले से ही खाली है। इसलिए इस प्रस्ताव को लागू नहीं किया जा सकता।” इतना कहकर दूसरे सदस्य ने भी इसे खारिज कर दिया और कहा गया कि हिमालय से राजस्थान तक पाइपलाइन के जरिए पानी पहुंचाने का विचार हटा दिया जाए और कोई दूसरा रास्ता निकाला जाए।

“यह सच है कि पाइपलाइन बिछाने में समय लगता है और यह महंगा होने के साथ-साथ असुरक्षित भी है।” एक सदस्य ने कहा।

“मेरे पास दूसरा रास्ता है। यह काफी सुरक्षित है और लागत प्रभावी भी है। इस मार्ग से राजस्थान तक भी पानी सुरक्षित पहुंचाया जा सकता है।”

“तो जल्दी बताओ, तुम्हें क्या रास्ता मिला है? यदि यह उपयुक्त होगा तो इसे लागू किया जाएगा, लेकिन हमें किसी भी तरह इस प्रस्ताव को लागू करके इस समस्या का समाधान करना होगा।” समिति के अध्यक्ष ने कहा।

सदस्य ने कहा, “मेरी योजना राजस्थान से हिमालय तक एक भूमिगत सुरंग खोदने और इस सुरंग के माध्यम से हिमालय से राजस्थान तक पानी की आपूर्ति करने की है।”

चेयरमैन ने भौंहें चढ़ाते हुए कहा, “यह भी शेख चिल्ली की योजना लगती है। जिस प्रकार पाइपलाइन बिछाने में समय, श्रम और बहुत सारी पूंजी लगती है उसी प्रकार भूमिगत सुरंग खोदने में भी समय, श्रम और बहुत सारी पूंजी लगती है। खुदाई के बाद भी वर्षों लग जाते हैं। अतः यह भी असंभवताओं में से एक प्रतीत होता है।” एक अन्य सदस्य ने कहा।

सदस्य ने गुस्से में कहा, “अगर यह शेख चिल्ली की योजना है, तो इसका प्रस्ताव देने वाला व्यक्ति शेख चिल्ली से कम नहीं है। हम जैसे महारथी इस समस्या का समाधान नहीं ढूंढ पा रहे हैं तो उसका प्रस्ताव कैसे सफल हो सकता है।”

बैठक गर्मागर्मी के साथ समाप्त हुई।

शाम को जब प्रधानमंत्री ने बैठक की रिपोर्ट मांगी तो समिति के अध्यक्ष ने बैठक के सभी विवरण प्रधानमंत्री के सामने रखते हुए इस कार्य को असंभव बताया।

इस पर प्रधानमंत्री नाराज हो गये।

"आप लोगों ने अपने तरीके से इसकी संभावनाओं को प्रस्तुत करके एक अच्छे प्रस्ताव को असंभव बताया है। आप लोगों ने इस सुझाव को लागू करने के लिए ये तरीके ढूंढे हैं। संभव है कि जिसने यह सुझाव दिया है उसके पास इनके अलावा अन्य तरीके भी हों। इसलिए, आप कौन होते हैं इस प्रस्ताव को अस्वीकार करने वाले? उस व्यक्ति को बुलाएं जिसने यह प्रस्ताव रखा है और उससे पूछें कि इस प्रस्ताव को पूरा करने के लिए उसके पास कौन सा तरीका है।"

तुरंत अंज़ल से संपर्क किया गया और कंपनी के सामने अपना प्रस्ताव पेश करने और इसे लागू करने का तरीका पूछा गया, लेकिन अंज़ल ने साफ कह दिया।

"मैं समिति के सामने उपस्थित होकर इस प्रस्ताव को लागू करने की अपनी योजना नहीं बताऊंगा। मुझे डर है कि कंपनी के विशेषज्ञ मेरी योजना को अस्वीकार कर देंगे। मैं प्रधानमंत्री की मौजूदगी में ही अपनी योजना बताऊंगा।"

जब यह बात प्रधानमंत्री को बताई गई तो वह बैठक में शामिल होने के लिए तैयार हो गए।

प्रधानमंत्री की अध्यक्षता में एक बैठक हुई जिसमें अंज़ल मौजूद था।

"बताओ अंज़ल बेटे, हिमालय की बर्फ पिघलाकर उसका पानी राजस्थान तक ले जाने की तुम्हारी क्या योजना है? तुम अच्छी तरह से जानते हो कि हिमालय से राजस्थान की दूरी लगभग ८०० कि.मी. है। ८०० कि.मी. तक पानी ले जाना कोई आसान काम नहीं है। इसके बारे में सोचकर हमारा दिमाग चकरा जाता है।"

"सर, हिमालय से राजस्थान तक पानी लाना उतना कठिन और असंभव काम नहीं है जितना आप और यह समिति सोच रही है।" अंज़ल ने उत्तर दिया, "यह

बहुत आसानी से किया जा सकता है। हाँ, थोड़ी फुर्ती और प्रयास की आवश्यकता है।''

अंज़ल की बात सुनकर कमेटी के सभी सदस्यों के चेहरे गुस्से से लाल हो गये। इतने मुश्किल काम को आसान बनाकर अंज़ल एक तरह से उन सभी का मजाक उड़ा रहा है। उनका अनादर कर रहा है। उन सभी ने यही सोचा था।

''ठीक है, अंज़ल।'' प्रधानमंत्री के चेहरे पर गुस्सा नहीं दिखा। उन्होंने शांति से अंज़ल से पूछा, ''अब मुझे बताओ कि हिमालय से राजस्थान तक पानी आसानी से कैसे पहुंचेगा।''

''एक नदी के माध्यम से।'' अंज़ल ने शांति से उत्तर दिया।

''यह कौन सी नदी है?'' सभी ने एक साथ उत्तर दिया।

''वह नदी जो हिमलय से राजस्थान तक जाती हो।'' अंज़ल ने कहा।

''लेकिन ऐसी कोई नदी नहीं है जो हिमालय से निकलकर राजस्थान की ओर जाती हो। यदि ऐसी नदी होती तो राजस्थान को इस सूखे में भी पानी की पीड़ा नहीं झेलनी पड़ती। इसे लगातार पानी मिल रहा होता जैसे यूपी को को गंगा के माध्यम से मिल रहा है।'' समिति के अध्यक्ष ने गुस्से में कहा।

''मुझे पता है ऐसी कोई नदी नहीं है।'' अंज़ल ने मुस्कुराते हुए कहा, ''हम एक नई नदी बनाएंगे। इस नई नदी के माध्यम से यह पानी हिमालय से निकलकर बहता हुआ राजस्थान तक पहुंचेगा।''

''हम एक नई नदी कैसे बनाएंगे!'' सभी आश्चर्य से अंज़ल का चेहरा देखने लगे। उन्हें लग रहा था कि यह लड़का पागल हो गया है, पूरी दुनिया जानती है कि नदियाँ प्रकृति बनाती है, मनुष्य नहीं, तो हम एक नई नदी कैसे बना सकते हैं।

''जिस तरह नदियां बनती हैं।'' अंज़ल ने मुस्कुराते हुए कहा, तो सभी को उसकी इस अदा पर गुस्सा आ गया।

''तुम क्या कहना चाहते हो? पहेलियाँ मत बुझाओ, साफ़-साफ़ कहो।'' चेयरमैन ने गुस्से में कहा।

''हम हिमालय के एक ऐसे क्षेत्र में जहां बहुत अधिक बर्फ है, उस बर्फ को मशीनों से पिघलाएंगे। उस पिघली हुई बर्फ का पानी अपने आप एक नदी का रूप ले लेगा और पहाड़ों से नीचे मैदान में आ जाएगा। यह सिद्धांत है कि

जहां भी ढलान होती है वहां पानी अपना रास्ता बना लेता है। यदि पानी की दिशा राजस्थान की ओर झुकेगी तो यह पानी राजस्थान की ओर बढ़ेगा। यदि कहीं यह पानी अपनी दिशा बदल कर राजस्थान से दूसरी ओर जाने लगे तो हमें तुरंत इसका रास्ता बदलना होगा और इस पानी को राजस्थान की ओर मोड़ने के लिए कड़ी मेहनत करनी होगी। जैसे-जैसे नदी में पानी बढ़ेगा, नदी आगे बढ़ेगी और इस तरह यह पानी राजस्थान तक पहुंचेगा और हम इसका उपयोग राजस्थान के लोगों की प्यास बुझाने में कर सकेंगे। यह काम एक महीने में भी हो सकता है या छह महीने भी लग सकते हैं। लेकिन एक बार जब यह नदी हिमालय से निकलकर राजस्थान में आने के लिए तैयार हो जाएगी, तो राजस्थान इस नदी और इस नदी के पानी से सिंचित होता रहेगा और उस समय राजस्थान को होने वाली समस्या भी दूर हो जाएगी।"

अंज़ल की बात सुनकर सभी खुशी से उछल पड़े।

इस पर प्रधानमंत्री ने खुद ताली बजाकर अंज़ल का हौसला बढ़ाया और समिति के सदस्यों से पूछा।

"क्या इस प्रस्ताव को इस प्रकार क्रियान्वित किया जा सकता है? क्या यह कार्य संभव है?"

"बिल्कुल संभव है।" उन सब ने एक साथ उत्तर दिया, "यह काम बहुत आसानी से किया जा सकता है।"

प्रधानमंत्री ने तुरंत इस काम को युद्ध स्तर पर करने का आदेश दिया। हजारों लोगों और मशीनों को काम पर लगाया गया।

हिमालय की बर्फ को मशीनों द्वारा पिघलाया जाने लगा। पानी मैदान में आकर नदी का रूप धारण कर आगे बढ़ने लगा। जहां वह रास्ता बदलने की कोशिश करता, हजारों लोग तुरंत उसका रास्ता रोक कर उसे सही रास्ते पर डाल देते। जहाँ वह पानी जो एक नदी के रूप में आगे बढ़ रहा था, किसी गाँव या शहर की ओर बढ़ता तो उसका रुख निर्जन क्षेत्रों की ओर मोड़ दिया जाता। देखते ही देखते एक नदी तैयार हो गई और हिमालय का पानी राजस्थान तक पहुंच कर राजस्थान के प्यासे लोगों की प्यास बुझाने लगा।

अंज़ल के इस अजीबो-गरीब काम की पूरी दुनिया तारीफ कर रही है।

वर्षा का विनाश

यह खबर दुनिया भर में जंगल की आग की तरह फैल गई कि आतंकवादी हैकरों ने भारत के सबसे महत्वपूर्ण सैटेलाइट वर्षा को हैक कर लिया है और अब वह सैटेलाइट पूरी तरह से हैकरों के कब्जे में है।

हैकर्स ने भारत सरकार से अपने २० साथियों को रिहा करने और स्विस बैंक के एक खाते में १०० अरब रुपये जमा करने की मांग की थी और साफ कहा था कि अगर समय सीमा के भीतर उनकी मांगें नहीं मानी गईं तो वे सैटेलाइट को नष्ट कर देंगे।

इस उपग्रह के नष्ट होने की कल्पना से ही हर भारतीय सिहर उठा था। पूरे भारत के सभी महत्वपूर्ण क्षेत्र इस उपग्रह पर निर्भर थे। इस सैटेलाइट से बैंक, ट्रैफिक, संचार, सभी महत्वपूर्ण सरकारी मंत्रालयों के डेटा को नियंत्रित किया जाता था।

अगर हैकर्स ने अपनी बात मनवाने के लिए एक भी काम बंद कर दिया तो देशभर में हंगामा मच जाएगा।

अभी लोग इस डर के बारे में सोच ही रहे थे कि हैकर्स की ओर से धमकी मिली।

“ऐसा महसूस होता है, भारत सरकार को हमारी मांगों में कोई दिलचस्पी नहीं है। इसलिए, उन्होंने हमारी किसी भी मांग को स्वीकार नहीं किया है और अनुपालन की दिशा में कोई प्रगति नहीं की है। यदि वे यह बात नहीं सुनते हैं, तो उन्हें कोई अंदाज़ा नहीं है और उन्हें कोई परवाह नहीं है कि अगर हम इस उपग्रह को नष्ट कर देंगे, तो पूरा देश नष्ट हो जाएगा। इसका आकलन करने के लिए और उनकी आंखें खोलने के लिए, चार घंटे के बाद हम इस सैटेलाइट

से जुड़े सभी काम बंद करना शुरू कर देंगे, जो काम यह सैटेलाइट कर रहा है। सबसे पहले हम इस सैटेलाइट के जरिए होने वाले सरकारी विभाग के सभी काम बंद कर रहे हैं, अब दफ्तरों में इस सैटेलाइट के जरिए कोई भी काम नहीं होगा और वे इस सैटेलाइट में स्टोर किए गए डेटा तक नहीं पहुंच पाएंगे।"

साथ ही उन्होंने वर्षा से सभी सरकारी विभाग अलग कर दिये।

इनके संपर्क कटते ही सरकारी विभागों में सारा काम-काज बंद हो गया।

जब सभी सरकारी विभागों ने काम करना बंद कर दिया तब सरकार को एहसास हुआ कि मामला कितना गंभीर है। फिर भी वे सोच रहे थे कि वे ऐसा कुछ नहीं करेंगे जिससे कोई नुकसान हो।

इस संबंध में तुरंत कैबिनेट की अहम बैठक शुरू हुई और हैकर्स की मांगों को माना जाए या नहीं! इस पर चर्चा की शुरू हुई।

आधे से ज्यादा मंत्रियों और सदस्यों ने कहा कि आतंकी हैकर्स की मांग नहीं मानी जानी चाहिए बल्कि उन्हें ढूंढने और खत्म करने के लिए सभी एजेंसियों को काम पर लगाया जाना चाहिए।

लेकिन जो समझदार लोग थे वे समझाने की कोशिश कर रहे थे कि ऐसे समय में जोश से काम नहीं लेना चाहिए। अगर इन आतंकवादियों की मांगें नहीं मानी गईं या उनसे बातचीत शुरू नहीं की गई तो जैसे उन्होंने एक सिस्टम को पूरी तरह से बंद कर दिया है, वैसे ही वे धीरे-धीरे एक-एक करके अन्य सिस्टम को भी बंद कर देंगे और देश में हंगामा मच जाएगा।

लेकिन अधिकतर लोग इस बात पर अड़े रहे कि हम एक देश हैं। दुनिया की सबसे बड़ी महाशक्ति। अगर हम आतंकवादियों के सामने झुकेंगे तो पूरी दुनिया में हमारी बदनामी होगी। आज पूरी दुनिया हमसे डरती है, कल कोई हमसे नहीं डरेगा। कहेंगे कि देश की इतनी बड़ी ताकत झुक गई आतंकवादियों से डर कर, आतंकवादियों को जवाब दे दिया जाए कि...

> "वे चुपचाप सैटेलाइट से अपना कब्जा छोड़ दें। अगर उन्होंने सैटेलाइट का कब्जा नहीं छोड़ा, उसके बाद यदि इसके किसी भी कार्य को बंद करके इसे नुकसान पहुंचाने की कोशिश की गई तो हमारी सभी सुरक्षा एजेंसियां सक्रिय हो जाएंगी और

उन्हें पाताल के कोने से भी ढूंढकर चुन-चुन कर कुत्ते की मौत मार दिया जाएगा।"

आखिर यह मैसेज सरकार ने आतंकी हैकर्स को भेज दिया, जिसे सुनने के बाद वे भड़क गए।

"हमारी बात को गंभीरता से लेने के बजाय धमकियां दी जा रही हैं। हमारी किसी भी मांग को मानने से इनकार किया जा रहा है, इसलिए ठीक है, हम दो दिनों तक वादे के मुताबिक इंतजार करेंगे और दो दिन बाद इस सैटेलाइट को पूरी तरह से नष्ट कर देंगे। हम चार घंटे में इस सैटेलाइट का एक-एक फंक्शन बंद करना शुरू कर देंगे। हमने सरकारी विभागों की व्यवस्था बंद कर सारे सरकारी काम बंद कर दिये हैं। अब हम बैंक का कामकाज बंद कर रहे हैं। अब भारत में कोई भी बैंक काम नहीं कर पाएगा।"

और सचमुच उन्होंने बैंक का कामकाज भी बंद करा दिया।

इस फंक्शन के बंद होने से पूरे देश के बैंक बंद हो गए, पूरी बैंकिंग व्यवस्था ठप हो गई और सभी कारोबार ठप हो गए। लोगों में गुस्से की लहर दौड़ गई।

"या तो हैकरों की मांगें पूरी कर हमें इस जंजाल से मुक्ति दिलाई जाए या फिर इन आतंकी हैकरों की पहचान कर उन्हें खत्म कर दिया जाए।"

लोग और विपक्ष के नेता इसकी मांग करते हुए सड़कों पर उतर आए।

सरकार के पक्ष में खड़े लोगों के एक बड़े वर्ग ने कहा कि उन्हें आतंकियों के सामने नहीं झुकना चाहिए। उनकी कोई भी मांग नहीं मानी जानी चाहिए। अगर हम ऐसे आतंकवादियों के सामने झुकेंगे, तो जो दुनिया हमारी ताकत को मानती है और हमारी ताकत से डरती है, उनके दिल से हमारा डर खत्म हो जाएगा।

अपने समर्थक लोगों के दबाव के आगे सरकार ने भी तय कर लिया कि आतंकियों की कोई भी मांग नहीं मानी जायेगी। बल्कि उनकी तलाश में तेजी लाई जाएगी और दो दिन के अंदर उन्हें चिह्नित कर लिया जाएगा और उनका अस्तित्व मिटा दिया जाएगा।

सभी सुरक्षा संगठनों को आदेश दिया गया कि उन्हें पूरा अधिकार है, किसी अनुमति के बिना जो काम चाहें कर सकते हैं, लेकिन दो दिनों के भीतर

आतंकवादी हेकर्स का काम तमाम हो जाना चाहिए।

सरकार के इस फैसले को देखकर आतंकवादी भी गुस्से में आ गए।

"अगर सरकार और उसकी सुरक्षा एजेंसियां सोचती हैं कि वे हमें ढूंढ लेंगे और मार डालेंगे, तो हम भी उन्हें चुनौती देते हैं। दो दिन क्या दो साल में हम को ढूंढ कर खत्म करेके बताएं और हम इस धमकी का जवाब देंगे संचार व्यवस्था को बंद करके। इसके बाद पूरे भारत की संचार व्यवस्था बंद हो जायेगी। एक भी टेलीफोन, सेल फोन, कंप्यूटर, इंटरनेट काम नहीं कर पाएगा। जिस सोशल मीडिया पर लोग हमें गाली दे रहे हैं वह बंद हो जाएगा।"

और उन्होंने इस उपग्रह से जुड़ा संचार फ़ंक्शन बन्द कर दिया। जैसे ही यह फ़ंक्शन बंद हुआ, दूसरी समस्या उत्पन्न हो गई।

मोबाइल फोन, कंप्यूटर, इंटरनेट सभी बंद हो गए।

लोग इंटरनेट या सेल फोन का उपयोग नहीं कर पा रहे थे।

पूरी संचार व्यवस्था उन आतंकवादी हेकर्स के हाथों में थी। वे जिस व्यक्ति का सेल फोन चाहते थे उससे बात करना शुरू कर देते थे और अपनी बात खत्म करने के बाद फिर से सेल फोन बंद कर देते थे। चार घंटे बाद यातायात व्यवस्था का कार्य बंद कर दिया गया, जिससे पूरे देश में यातायात व्यवस्था बाधित हो गयी। हवाई जहाज़, रेलवे, पानी के जहाज़ और सड़क सिग्नल जगह-जगह रुक गए।

पूरी सुरक्षा एजेंसियां शिकारी कुत्तों की तरह इन आतंकियों को ढूंढ रही थीं, लेकिन उनका कोई पता नहीं चल रहा था। जिस मोबाइल फोन से वे धमकी दे रहे थे या संदेश भेज रहे थे, उसकी मदद से उनका पता लगाया जा सकता है या फिर वे कहां यह काम कर रहे हैं, इसका पता लगाकर उन पर हमला किया जा सकता था और उन्हें गिरफ्तार किया जा सकता था।

लेकिन अब उन्होंने पूरी संचार व्यवस्था ही बंद कर दी थी। अब उनका कोई पता ही नहीं चल पा रहा था। संचार प्रणाली जारी रहने के दौरान उसके सेल फोन का पता लगाने का प्रयास किया गया, लेकिन यह भी असफल रहा। वह इसी सैटेलाइट वर्षा-१ के फोन का इस्तेमाल कर सरकार से संपर्क बना रहे थे और सरकार को धमकी दे रहे थे। ऐसे में उनकी मौजूदगी और लोकेशन के बारे में कोई सुराग नहीं मिल पा रहा था।

एक प्रकार से पूरे देश को पूरी दुनिया से काट दिया गया और पूरे देश को दुनिया से ब्लैक आउट कर दिया गया।

पूरे देश के लोगों का एक-दूसरे से संपर्क टूट गया। टीवी भी बंद था, कहीं से कोई खबर नहीं आ रही थी और न ही कहीं कोई खबर जा रही थी।

अंज़ल अपने मोबाइल फोन को हाथ में लेकर एक मोटी किताब में से अलग-अलग कोड देख कर मोबाइल फोन पर टाइप करके एक नंबर से जुड़ने की कोशिश कर रहा था। दो दिन हो गए थे इसलिए उसे पूरा यकीन था कि आतंकियों ने सैटेलाइट को नष्ट कर दिया होगा और इसके नष्ट होते ही अन्य संपर्क भी खत्म हो गए होंगे।

लेकिन आतंकियों ने सैटेलाइट को नष्ट कर दिया या वह अब भी चल रहा है, इस बारे में कोई खबर नहीं आ रही थी। इस संबंध में तो देश के प्रधानमंत्री भी कुछ बता नहीं सकते थे।

उनका हॉटलाइन वाला केवल एक फ़ोन सक्रिय था। यह हॉटलाइन सीधे अमेरिका में व्हाइट हाउस से जुड़ी हुई थी।

कुछ समय पहले ही प्रधानमंत्री को अमेरिका के राष्ट्रपति का फोन आया था और उन्होंने प्रधानमंत्री को बताया था कि आतंकवादियों ने धमकी के मुताबिक उनके सैटेलाइट को नष्ट कर दिया है। सैटेलाइट अंतरिक्ष में धमाके के साथ फट गया और उसका मलबा छोटे-छोटे टुकड़ों के रूप में अंतरिक्ष में बिखर गया है।

अमेरिकी राष्ट्रपति ने प्रधानमंत्री से इस दुर्घटना पर दुख व्यक्त किया और कहा कि इस कठिन समय में संयुक्त राज्य अमेरिका भारत की हर संभव मदद करने के लिए तैयार है और जिन आतंकवादियों ने भारत के सैटेलाइट को नष्ट कर दिया, उन्होंने गिरी हुई आतंकवादी हरकत की है। संयुक्त राज्य अमेरिका इसकी निंदा करता है और उन आतंकवादियों को सबक सिखाने में भारत की पूरी सहायता करेगा। प्रधानमंत्री ने सैटेलाइट नष्ट होने की दुख भरी खबर अपने उन साथियों को सुनाई जो उस समय वहां मौजूद थे।

हर कोई अपने आपको पूरी तरह से असहाय महसूस कर रहा था। जो हो गया उस पर किसी का बस नहीं चला था। लेकिन अब आगे की जिंदगी कैसे कटेगी कुछ समझ में नहीं आ रहा था।

मोबाइल बंद, इंटरनेट बंद, बैंकिंग बंद, सरकारी काम बंद, यातायात बंद, यहां तक कि सैकड़ों शहरों की बिजली भी बंद हो गई थी जिनकी बिजली आपूर्ति आदि इस सैटेलाइट से नियंत्रित होती थी और वे सभी शहर अंधेरे में डूब गए थे।

अंज़ल ने अपने मोबाइल फोन पर अलग-अलग नंबर और कोड टाइप करके अमेरिकी उपग्रह से संपर्क करके उसके माध्यम से अमेरिका स्थित नासा में काम करने वाले अपने दोस्त आसिफ से संपर्क करने की कोशिश की थी।

लेकिन अंज़ल जिस अमेरिकी सैटेलाइट से जुड़ने की कोशिश कर रहा था वो असल में एक मिलिट्री सैटेलाइट था।

इस सैटेलाइट के जरिए अमेरिकी सैनिक जो उन इलाकों में थे जहां कोई मोबाइल नेटवर्क, टावर इंटरनेट नहीं है, एक-दूसरे से या दुनिया में किसी से भी संवाद करते थे।

लेकिन इस अमेरिकी सैन्य उपग्रह से जुड़ना और फिर इसके जरिए दुनिया के किसी भी कोने में वांछित व्यक्ति से जुड़ना इतना आसान नहीं था।

लेकिन क्योंकि अंज़ल इस काम में माहिर था, इसलिए उसे पूरा यकीन था कि वह इस सैटेलाइट द्वारा किसी भी फोन से जुड़ सकेगा।

वह भारत में किसी भी मोबाइल से कनेक्ट हो सकता था। भले ही वह नेटवर्क न होने के कारण बंद हो। क्योंकि सैटेलाइट से कनेक्शन स्थापित करने के बाद दुनिया में जिस भी फोन पर कॉल की जाती थी, सैटेलाइट न सिर्फ कॉल भेजता था बल्कि उस फोन पर सिग्नल भी भेजता था। जैसे ही इस मोबाइल से कॉल कनेक्ट होती थी, नेटवर्क भी इससे कनेक्ट हो जाता था और उस कॉल के बाद फोन एक्टिवेट हो जाता था और इस कॉल के बाद फोन एक्टिवेट हो जाता था और इस फोन को दुनिया के किसी भी फोन से आसानी से कनेक्ट किया जा सकता था।

क्योंकि वह फ़ोन भी डायरेक्ट सैटेलाइट से कनेक्ट हो गया था और सैटेलाइट नेटवर्क कनेक्ट हो गया था और सैटेलाइट नेटवर्क का उपयोग करने लगा था, इसलिए इस फ़ोन से दुनिया के किसी भी फ़ोन पर कॉल करना संभव था और दुनिया के किसी भी कोने से कॉल रिसीव किया जा सकता था।

यह एक प्रकार की हेकिंग थी जो अपराध में शामिल थी।

लेकिन इस समय अंज़ल के पास यह अपराध करने के सिवा कोई और रास्ता नहीं था कि वह अपने देश के लिए एक अच्छे उद्देश्य के लिए यह हेकिंग का काम कर रहा था।

आख़िरकार कई घंटों की मेहनत के बाद वह अपने प्रयास में सफल हो गया। उसने एक अमेरिकी सैन्य उपग्रह मशीन को पूरी तरह से हैक कर लिया था। अब वह इसकी मदद से दुनिया में कहीं भी किसी से भी बातचीत कर सकता था। संपर्क स्थापित होते ही उसने अपने दोस्त आसिफ को फोन किया।

"अरे अंज़ल! यह तुम्हारी कॉल है!" आसिफ ने उसकी आवाज सुनते ही आश्चर्य से कहा, "अभी नासा में खबर आई थी कि आतंकवादियों ने तुम्हारे सैटेलाइट वर्षा-१ को नष्ट कर दिया है। जिसके कारण भारत का शेष विश्व से संपर्क टूट गया है और शेष विश्व के लिए भारत पूरी तरह से ब्लैक आउट हो गया है? फिर तुमने मुझे कैसे फोन कर लिया? जब भारत के सभी फोन बंद हैं तो तुम्हारा फोन कैसे काम कर रहा है?"

"वो सब बातें बाद में बताऊंगा, पहले मैं जो कह रहा हूं उसे ध्यान से सुनो और बताओ कि क्या ऐसा संभव है?" इतना कहने के बाद अंज़ल ने उसे कई बातें बताते हुए सवाल किया।

"क्या ऐसा संभव है?"

"बिल्कुल संभव है। ऐसा आसानी से किया जा सकता है।" आसिफ ने जवाब दिया, "तुम अपना सर्वश्रेष्ठ प्रयास करो, मुझे यकीन है कि तुम इस प्रयास में सफल हो जाओगे। इस संबंध में मुझसे जो भी मदद चाहिए, मैं तुम्हारी हर तरह से मदद करने के लिए तैयार हूं।"

"ठीक है, मैं बाद में बात करता हूं।" आसिफ़ की बात सुन कर उसने फ़ोन काट दिया और देश के प्रधानमंत्री को फ़ोन करने लगा।

"सर! मैं अंज़ल नाम का एक युवक बोल रहा हूं। आपको पता होगा कि हमारा सैटेलाइट नष्ट हो चुका है और दुनिया से हमारा नाता टूट गया है। पूरा सिस्टम बाधित हो गया है, लेकिन घबराने की कोई बात नहीं है, मैं आपको दो दिन में पूरा सिस्टम बहाल करके दिखा सकता हूं।" अंज़ल ने कहा।

"अरे, ये तो बहुत खुशी की बात है!" प्रधानमंत्री खुशी से उछल पड़े। "लेकिन तुम कौन हो? जब पूरे भारत के फोन बंद हैं तो तुम कॉल कैसे कर

रहे हो? और यह मेरा फोन जो बंद था, अचानक कैसे काम करने लगा?"

"मैं यह बाद में बताऊंगा।" अंज़ल ने उत्तर दिया, "मुझे भारतीय अंतरिक्ष विभाग का नंबर चाहिए। मैं उनसे बात करके सब कुछ समझाऊंगा।"

प्रधानमंत्री ने अंज़ल को भारतीय अंतरिक्ष विभाग का नंबर दे दिया। इस तरह उसका काम आसान हो गया।

अब उसे अपनी चुनौती के अनुसार दो दिनों में सैटेलाइट वर्षा-१ को फिर से शुरू करना है जो पूरी तरह से नष्ट हो गया है।

✍✍

वर्षा की तलाश

अंज़ल ने भारध्तीय अंतरिक्ष एजेंसी के मुख्य निदेशक मनोहर को फोन लगाया।

“मेरा नाम अंज़ल है। आपका नंबर मुझे प्रधानमंत्री ने दिया है। हमारा सैटेलाइट वर्षा जो पूरी तरह से नष्ट हो गया है और जिसके कारण पूरा देश दुनिया से कट गया है, पूरे देश का व्यापार, संचार पूरी तरह से बंद हो गया है। मैं इसे दो दिन में बहाल कर दूंगा। ऐसा मैंने प्रधानमंत्री से वादा किया है। आप चाहें तो मेरा नाम लेकर उनसे पूछ सकते हैं।”

“लेकिन तुम कौन हो?” डॉक्टर मनोहर ने आश्चर्य से पूछा, “मेरा फोन तो बंद था। पूरे देश के फोन बंद हैं, फिर यह अचानक कैसे चलने लगा? और तुम मुझसे कैसे बात कर रहे हो?”

“आप प्रधानमंत्री से मेरे बारे में पूछ लें। आपका फोन एक्टिवेट हो गया है और अब यह एक्टिवेट रहेगा, आप इस फोन से किसी भी फोन पर कॉल कर सकते हैं और कॉल करते ही वह फोन भी एक्टिवेट हो जाएगा। मैंने जो पता बताया है, तुरंत उस पते पर मुझे आपके पास आने के लिए गाड़ी भेजिये। अगर कोई शंका हो तो प्रधानमंत्री से बात कर लें।” कह कर अंज़ल ने फोन बन्द कर दिया।

दस मिनट बाद डॉक्टर मनोहर का फोन आया।

“मैंने प्रधानमंत्री से बात कर ली है, उन्होंने कहा है, तुमने यह दावा किया है कि दो दिनों में वर्षा उपग्रह को पूरी तरह से बहाल करके सारे कामकाज पहले की तरह सामान्य रूप से शुरू कर दोगे। इसलिए तुम्हारी हर संभव मदद की जाए, मैं तुमको ‘भासा’ के मुख्यालय बुलाने के लिए

अपनी कार भेज रहा हूं।"

एक घंटे के भीतर डॉक्टर मनोहर की कार उसे लेने आ गयी और आधे घंटे के भीतर वह डॉक्टर मनोहर के सामने बैठा था।

"पहले यह बताओ, तुम हो कौन? एक साधारण युवक जिसने वर्षा को दो दिन के भीतर बहाल करने का दावा किया है। मुझे तो तुम पागल लगते हो। जानते हो वह उपग्रह मैंने ही डिजाइन किया था। उसकी सभी प्रणालियाँ और कार्य मेरी देखरेख में विकसित किए गए थे। उस उपग्रह को बनाने के लिए, और सभी कार्यों को शुरू करने में हमारे जैसे एक हजार वैज्ञानिकों की एक टीम को पांच साल लगे और जब वह उपग्रह पूरी तरह से नष्ट हो गया है, तो तुम उसे दो दिनों में बहाल करने की बात कर रहे हो? इतना बड़ा मजाक तो सब के साथ मत करो।" डॉक्टर मनोहर ने अंज़ल से कहा।

"मैं अभी अपने बारे में कुछ नहीं कहूंगा, मेरा काम बताएगा कि मैं कौन हूं और क्या कर सकता हूं। इसका एक छोटा सा उदाहरण यह है कि मैंने आपका और प्रधानमंत्री जी का फोन एक्टिवेट कर दिया है। जो किसी भी स्थिति में एक्टिवेट नहीं हो सकता था। क्योंकि सारे सेल्यूलर सिस्टम नष्ट हो चुके हैं।" अंज़ल ने डॉक्टर मनोहर की आँखों में देखते हुए कहा।

"हाँ, ये बड़े आश्चर्य की बात है। मेरा फ़ोन सक्रिय है और उसी तरह चल रहा है जैसा कि पहले हुआ करता था।" डॉक्टर मनोहर ने कहा।

अंज़ल ने कहा, "मैंने अमेरिकी सैन्य उपग्रह प्रणाली को हैक कर लिया है और इस फोन को उससे जोड़ा है और ये फोन इसके माध्यम से काम कर रहे हैं। यहां तक कि खुद अमेरिकियों को भी नहीं पता होगा कि उनके सिस्टम का एक हिस्सा हैक हो गया है और हम इसका उपयोग कर रहे हैं।"

"सचमुच, तुम्हारा यह काम तो अद्‌भुत है। तुमने वह कर दिखाया है जिसकी कोई कल्पना भी नहीं कर सकता था।" डॉक्टर मनोहर ने कहा, "ठीक है, अब काम के बारे में बात करते हैं। सराहना बाद में।"

अंज़ल ने पूछा,"हमारे पास कोई ऐसा उपग्रह है जो बिल्कुल वर्षा-१ जैसा हो?"

"हां, हमने पिछले साल वर्षा-१ शैली का सैटेलाइट वर्षा-२ बना कर अंतरिक्ष में छोड़ा था। वह पूरी तरह और अच्छी तरह से काम कर रहा है।"

डॉक्टर मनोहर ने कहा, "हम इसके जरिए सेना के काम करना चाहते थे।"

"फिर तो ये काम और भी आसान हो गया।" अंज़ल ने कहा, "अगर हमारे पास उपग्रह नहीं होता, तो हमें पूरे सिस्टम को बहाल करने के लिए दूसरे देश से उपग्रह किराए पर लेना पड़ता।"

"लेकिन तुम इस उपग्रह से क्या काम लेना चाहते हो?" डॉक्टर मनोहर ने अंज़ल से पूछा।

"वह तो नष्ट हो गया है। क्या यह सैटेलाइट, वर्षा-१ के सभी कार्य कर पाएगा?" अंज़ल ने पूछा।

"बिल्कुल कर सकता है, लेकिन उस उपग्रह में उन सभी प्रणालियों को स्थापित करने और इसे सक्रिय करने में कई साल लगेंगे।" डॉक्टर मनोहर ने कहा।

"अगर आप लोग वह काम करेंगे तो वर्षों लग जाएंगे।" अंज़ल ने कहा, "आप लोगों का काम करने का तरीका अलग है। मेरे काम करने का तरीका अलग है। मैं दो दिन में वह सभी काम कर लूंगा जो आप वर्षों में करेंगे।"

"दो दिन का दावा करके तुम मुझे गुस्सा दिला रहे हो।" डॉक्टर मनोहर ने कहा, "मैं अच्छी तरह जानता हूं कि किस काम को करने में कितना समय लगता है।"

"कृपया मुझ पर नाराज़ न हों, बस मैं जो पूछता हूं वह बताएं और मेरी मदद करें और मुझे अपने तरीके से काम करने दें।" अंज़ल ने डॉक्टर मनोहर से कहा। "अगर मैं यह काम नहीं कर पाया तब अपना सारा गुस्सा मुझ पर उतार दें। अगर मेरा दावा झूठा साबित हुआ तो आप मुझे गोली मार दीजियेगा।"

"सॉरी..." डॉक्टर मनोहर ने अंज़ल से कहा, "मैं बिना कारण गुस्सा कर रहा हूं। सच में, मुझे गुस्सा तब करना चाहिए जब तुम दावे के मुताबिक अपना काम नहीं कर सको।"

"बिल्कुल..."

"बताओ मैं तुम्हारी क्या मदद कर सकता हूँ?" डॉक्टर मनोहर ने पूछा।

"मुझे यह बताएं, क्या सैटेलाइट वर्षा-२ आपके पूर्ण नियंत्रण में है? आप उससे जो चाहें काम ले सकते हैं?"

"बिल्कुल, यह पूरी तरह से हमारे नियंत्रण में है और हम इसके साथ जो

चाहें कर सकते हैं।" डॉक्टर मनोहर ने उत्तर दिया।

"बहुत अच्छे, इससे मेरा आधा काम तो खत्म हो गया, मुझे यह बताएं कि सैटेलाइट वर्षा-१ की सभी सेवाओं को बहाल करने की आपकी क्या योजना है और इसमें कितना समय लगेगा।"

"हमारे पास इसके लिए कोई योजना नहीं है क्योंकि इसके नष्ट होने के बाद से हमें योजना बनाने का मौका ही नहीं मिला। हम अभी तक इस सदमे से उबर नहीं पाए हैं। लेकिन क्योंकि सारा काम मैंने किया है, तो मैं पूरी तरह से समझता हूं कि वर्षा-१ को पुनर्स्थापित करने के लिए क्या किया जाएगा। वर्षा-१ टाइप नया सैटेलाइट बनाना होगा, जिसे बनने में तीन से चार साल लग सकते हैं। ऐसे में रेडीमेड सैटेलाइट खरीदना होगा, जिसकी कीमत अरबों रुपये हो सकती है। फिर उस सैटेलाइट में हर एक सिस्टम फ़ंक्शन इंस्टॉल करना होगा जो संस्करण १ में काम करता था। इसे स्थापित करने और लॉन्च करने में एक वर्ष से अधिक समय लग सकता है।" डॉक्टर मनोहर ने उत्तर दिया।

"ठीक है, आपको इतनी मेहनत करने की ज़रूरत नहीं है।" अंज़ल ने कहा, "अब मैं ये नहीं कहूंगा कि मैं ये सब दो दिन में कर दूंगा क्योंकि आप गुस्सा हो जाएंगे।"

"नहीं, नहीं।" डॉक्टर मनोहर ने कहा। "अब मैं यह गुस्सा तब करुंगा जब दो दिन की जगह तुम यह काम दो साल में भी पूरा नहीं कर पाओगे।"

"इन सभी कामों में दो साल नहीं, सिर्फ दो दिन लगेंगे।" न चाहते हुए भी वो शब्द अंज़ल की जुबां पर आ ही गए, जो कह कर वह डॉक्टर मनोहर को नाराज नहीं करना चाहता था। लेकिन डॉक्टर मनोहर ने उसकी बात सुनकर कोई गुस्सा नहीं दिखाया।

"अब ये बताएं कि हमारा नष्ट हो गया वर्षा-१ सैटेलाइट का क्या बैकअप लिया जाता था?" अंज़ल ने पूछा।

"हाँ, लिया जाता था। इसका बैकअप तीन स्थानों पर होता था।" डॉक्टर मनोहर ने उत्तर दिया।

"कितने दिन में?"

"हर घंटे पर।" डॉक्टर मनोहर ने उत्तर दिया।

"यस...!" अंज़ल ने खुशी से अपनी मुट्ठी हवा में लहराई, "इसका

मतलब यह कि मैं यहां होने वाले कामों का अनुमान लगा रहा था। मेरा अनुमान सही था। इस तरह मेरे काम में और ज्यादा आसानी हागी। अब मुझे बताएं कि वर्षा-१ का बैकअप कहां लिया जाता था।"

"एक हमारे सैन्य उपग्रह सर्वर में... दूसरा बैकअप किराए के सैटेलाइट सर्वर में है। जिसके लिए हम इस सैटेलाइट को किराया देते थे। तीसरा यहां 'भासा' के सर्वर में है।"

"वेरी गुड...!" सुनकर अंज़ल ने कहा।

"क्या आप मुझे इस समय अंतरिक्ष में जो हमारा उपग्रह वर्षा-२ है उसके सरवर का और जहां-जहां वर्षा-१ का बैकअप लिया जाता था, उन सर्वरों के उपयोग की अनुमति देंगे...?"

"वर्षा-२ को हमारे इसी भासा केंद्र से नियंत्रित किया जाता है। मैं इसके उपयोग की तो अनुमति दे दूंगा। यहीं पर इसका बैकअप लिया जाता था, इसकी भी अनुमति दे दूंगा। सैन्य उपग्रह सर्वर के उपयोग की भी अनुमति मिल जाएगी। हां, जिस किराए के सैटेलाइट पर बैकअप लिया जाता था उसके लिए उस कंपनी से इजाजत लेनी होगी।"

"मुझे सभी तीन सर्वरों की आवश्यकता नहीं है, बस एक का उपयोग करने की आवश्यकता है।"

डॉक्टर मनोहर ने उत्तर दिया, "तो तुम हमारे भासा केंद्र के सर्वर या सैन्य उपग्रह के सर्वर का आसानी से उपयोग कर सकते हो।"

"क्या इन सर्वर में उस समय का बैकअप होगा जब आतंकवादी हैकर्स ने वर्षा-१ को हैक किया था?" अंज़ल ने पूछा।

"बिल्कुल मिल जायेगा। तीनों सर्वर में सभी डेटा का बैकअप हर घंटे अपने आप हो जाता था और इस बैकअप को तीनों सर्वर में एक साल तक रखने का प्रावधान है।"

"बहुत अच्छे।" अंज़ल ने कहा, "अब मुझे अपने दोनों सर्वर का उपयोग करने की अनुमति और तरीका बताएं।"

"जरूर बता दूंगा।" अंज़ल की बात सुनकर डॉक्टर मनोहर मुस्कुराये। "लेकिन तुम इनका इस्तेमाल कैसे कर पाओगे? यहां पूरी संचार व्यवस्था ठप हो गई है। इस केंद्र से संचार करने के लिए जो संचार और बैकअप मिलिट्री

और रेंटल सैटेलाइट का इस्तेमाल किया जाता था उसका भी इस केंद्र से संचार लिंक टूट गया है। बिना कम्युनिकेशन लिंक के हम किसी भी सर्वर या सैटेलाइट से कनेक्ट नहीं हो पाएंगे।"

और यह सुनकर अंज़ल के चेहरे पर चिंता की रेखाएं आ गईं, "यह तो बहुत बड़ी समस्या है।"

उसका दिमाग तेजी से काम कर रहा था।

फिर उसने डॉक्टर मनोहर से पूछा।

"अगर हम दुनिया के किसी दूसरे देश से, किसी दूसरे देश के उपग्रह से संचार सेवाएँ लें, तो क्या भासा केंद्र की संचार प्रणाली काम करने लगेगी? और उसके माध्यम से वर्षा-२ और सैन्य सर्वर से जुड़ना संभव होगा?"

"हां, अगर हम किसी दूसरे देश के सैटेलाइट से संचार कनेक्शन की सेवाएं लें तो यह सिस्टम पूरी तरह से काम करना शुरू कर देगा। लेकिन तुम नहीं जानते कि यह काम इतना आसान नहीं है, सबसे पहले इसके लिए सरकार से मंजूरी लेनी होगी। सरकार की मंजूरी के बाद ही हम दूसरे देश से संचार सेवाएं ले सकते हैं। फिर उस देश को संचार लिंक सेवाएँ प्रदान करने में महीनों का समय भी लग सकता है।"

"सरकार और कैबिनेट से मंजूरी लेने की जरूरत नहीं है।" अंज़ल ने कहा, "प्रधानमंत्री ने मुझे सब कुछ खुद करने की अनुमति दे दी है और संचार उपग्रह से संचार सेवाएं प्राप्त करने में महीनों नहीं लगेंगे। मेरे पास एक अमेरिकी सैन्य उपग्रह का हैक किया गया सर्वर है। मैं उसके साथ इस केंद्र से संपर्क करूंगा।" अंज़ल ने कहा।

उसकी बातें सुनकर डॉक्टर मनोहर आश्चर्यचकित रह गये। उन्हें कुछ समझ नहीं आया कि ऐसा भी हो सकता है।

"तुम जो उचित समझो।" उनके मुँह से निकला। उन्होंने भासा केंद्र के संपर्क कंप्यूटर सर्वर पर बैठकर सभी संपर्क विधियों को समझाया।

अंज़ल ने कंप्यूटर पर बैठकर भासा सेंटर को अमेरिकी सैन्य सैटेलाइट के सर्वर से जोड़ने की कोशिश शुरू कर दी।

दो घंटे की मशक्कत के बाद कनेक्शन जुड़ गया।

और भासा केन्द्र की संचार व्यवस्था सफलतापूर्वक कार्य करने लगी।

डॉक्टर मनोहर आँखें फाड़-फाड़ कर अंज़ल को देखने लगे।

"आप मुझे इस तरह क्यों देख रहे हैं...?" अंज़ल ने पूछा।

"मैं देख रहा हूं, तुम इंसान हो या जिन्न, भूत या जादूगर, जिसे हमने एक असंभव कार्य माना और अनुमान लगाया कि हमारा केंद्र अब कई महीनों तक बंद रहेगा। हम इस प्रणाली को कैसे शुरू करेंगे? फिर से काम कैसे करेंगे? क्या हम यह सब दोबारा कर सकते हैं? ये सोच कर ही हम परेशान थे, पलक झपकते ही तुमने वो सब कर डाला। मुझे समझ नहीं आ रहा कि ये सब कैसे हुआ। मैं इस सेंटर में २५ साल से काम कर रहा हूं। बिना पूरी जानकारी लिए एक बटन दबाने की हिम्मत नहीं करता हूं और तुमने कोई जानकारी लिए बिना ही इतना बड़ा काम कर दिया।" डॉक्टर मनोहर हैरत से अंज़ल को देखते हुए बोले।

"इसका केवल एक ही कारण है।" अंज़ल ने मुस्कुराते हुए उत्तर दिया।

"क्या...?" डॉक्टर मनोहर ने पूछा।

अंजल ने मुस्कुराते हुए कहा, "आपका ज्ञान और अनुभव २५ साल पुराना है और मेरा २५ घंटे पहले का। इसीलिए यह संभव हो सका।" अंज़ल ने मुस्कुरा कर कहा, "अब मुझे इस सिस्टम में गुम हुए वर्षा-१ को ढूंढना है ताकि मैं उसे ढूंढ कर वापस उसकी जगह पर ला सकूं। बस प्रार्थना करें कि अमेरिकियों को पता न चले कि हम उनके उपग्रह का उपयोग कर रहे हैं, अगर उन्हें पता चला तो वे उपग्रह कनेक्शन तोड़ देंगे और हमारा यह केंद्र फिर से अंधेरे में डूब जाएगा। हम कुछ नहीं कह पाएंगे। इसके डिस्कनेक्ट होने से पहले मुझे सब कुछ करना होगा।"

और अंज़ल ने अपना काम शुरू किया।

"अगर तुम्हें किसी काम में मदद चाहिए तो कहो, मैं तुम्हारी मदद के लिए केंद्र से सौ-दो सौ आदमी दे सकता हूँ।" डॉक्टर मनोहर ने कहा।

"ईश्वर ने चाहा तो इसकी आवश्यकता नहीं पड़ेगी।"

अंज़ल ने जवाब दिया और अपने काम में व्यस्त हो गया।

वर्षा की वापसी

रात हो गई थी। तीन घंटे हो गए थे। अंज़ल लगातार 'भासा' सेंटर के सिस्टम पर बैठा काम कर रहा था, और डॉक्टर मनोहर उसके पास बैठे उसे देख रहे थे। वह क्या काम कर रहा है, उन्हें कुछ समझ में नहीं आ रहा था।

उनसे केवल दो बार उसने बात की थी।

एक बार उसने वर्षा-२ से संपर्क करने और उसके सर्वर से कनेक्ट करने को कहा था, दूसरी बार भासा सेंटर के उस सर्वर का पासवर्ड पूछा था जहां वर्षा-१ का बैकअप लिया जाता था।

रात के करीब बारह बजे उसने एक ख़ुशी भरी चीख मारी थी।

"यस...! मैंने कर दिया!" और एक झटके से अपने हाथ हवा में लहरा कर उन्हें झटका दिया था।

"क्या हुआ...?" डॉक्टर मनोहर ने आश्चर्य से उससे पूछा था।

"मैंने वर्षा-१ के सिस्टम का पूरा बैकअप और वर्षा-१ के हैक होने से पहले का सभी डेटा बैकअप हासिल कर लिया।" अंज़ल ने विजयी भाव से कहा।

अंज़ल के चेहरे के भाव और चेहरे की ख़ुशी से ऐसा लग रहा था जैसे उसने बहुत बड़ी सफलता हासिल कर ली है।

लेकिन डॉक्टर मनोहर जैसे विशेषज्ञ भी समझ नहीं पा रहे थे कि वह किस प्रकार की सफलता है।

ये सारा काम बेशक उन्हीं की देखरेख में हुआ था, लेकिन उन्होंने पूरे काम पर सिर्फ निगरानी रखी थी। सारा काम उनके सहायकों और सैकड़ों वैज्ञानिकों ने किए थे। इसलिए इसमें क्या-क्या कार्य किये गये, उन्हें इसके बारे में कोई जानकारी नहीं थी।

ये बहुत अच्छी बात थी कि अंज़ल उनसे कुछ नहीं पूछ रहा था वरना उनके लिए जवाब देना मुश्किल हो जाता। जहां तक पासवर्ड का सवाल है, वह केंद्र के प्रमुख थे, इसलिए सभी महत्त्वपूर्ण पासवर्ड उनके पास ही रहते थे। इसलिए यह उनके लिए कोई समस्या नहीं थी।

"तुम क्या कर रहे हो अंज़ल?" डॉक्टर मनोहर ने झिझकते हुए पूछा, "मुझे भी कुछ बताओ। तुम जो कर रहे हो, ठीक ही कर रहे होगे, मैं तुम्हारे काम में हस्तक्षेप नहीं करना चाहता। तुमने इस पूरे सेंटर का कनेक्शन बहाल कर दिया। ये इतना बड़ा काम है जिसकी मैं कल्पना भी नहीं कर सकता। इसलिए मुझे यकीन है कि तुमने जो दावा किया है उसे सच साबित कर दिखाओगे।"

"हमारा सैटेलाइट वर्षा तो नष्ट हो गया है।" अंज़ल ने कहा, "वर्षा-१ जो काम करता था, अब इन सभी कार्यों को दोबारा करने के लिए हमें एक और सैटेलाइट की जरूरत पड़ेगी, जिसके जरिये हम वह सारे काम कर सकें जो वर्षा-१ करता था और ये सब काम करने के लिए मैं सैटेलाइट वर्षा-२ इस्तेमाल करना चाहता हूं और आपकी अनुमति चाहता हूं।"

"जब प्रधानमंत्री ने तुम्हें अपनी इच्छानुसार सब कुछ करने की अनुमति दे दी है, तो मुझसे अनुमति मांगने की कोई ज़रूरत नहीं है।" डॉक्टर मनोहर ने कहा, "जहां तक वर्षा-२ के प्रयोग का सवाल है तो इन सभी कार्यों को करने के लिए एक उपग्रह की आवश्यकता तो होगी। सौभाग्य से, वह वर्षा-१ के प्रकार का है। अब जब हमें अचानक सैटेलाइट की जरूरत आ पड़ी है तो हम इसका इस्तेमाल इस काम के लिए कर सकते हैं क्योंकि यह इस वक्त की सबसे अहम जरूरत है।"

"जी, धन्यवाद डॉक्टर साहब।" अंज़ल ने उत्तर दिया। "अब मैं वर्षा-२ में वह ऑप्रेटिंग सिस्टम इंस्टॉल करूंगा जिस ऑप्रेटिंग सिस्टम के अंतर्गत वर्षा-१ सारे काम करता था। एक बार वर्षा-२ पर वह सिस्टम इंस्टॉल हो गया तो हम उससे बड़ी आसानी से वह काम ले पाएंगे जो वर्षा-१ करता था। यह ऑप्रेटिंग लिंक वर्षा-२ सिस्टम पर इंस्टॉल करने में कितना समय लगेगा, इसके बारे में मुझे खुद नहीं पता। बस प्रार्थना करें कि अमेरिकी लोगों को हमारे बारे में पता न चले और वे संपर्क न काटें।"

“जब कोई व्यक्ति कुछ अच्छा करने की ठान लेता है तो प्रकृति भी उसकी मदद करती है। इसलिए निश्चिंत होकर अपना काम करो, मुझे पूरा विश्वास है। हम अच्छा काम कर रहे हैं। देश के अरबों लोगों के कल्याण के लिए यह काम कर रहे हैं। इसलिए हमारे काम में कोई परेशानी नहीं होगी।” डॉक्टर मनोहर ने कहा, “तुम अपना काम शुरू करो, सब ठीक हो जाएगा।”

अंज़ल ने सेटेलाइट वर्षा-२ पर सिस्टम इंस्टॉल करना शुरू कर दिया।

वर्षा-२ पर इस सिस्टम को इंस्टॉल करने में करीब तीन घंटे का समय लगा, लेकिन वह पूरी तरह से इंस्टॉल हो गया, फिर वही हुआ जो अक्सर होता है।

‘एरर’ का संदेश आ गया और अंज़ल ने सर पकड़ लिया।

उसने सिस्टम को फिर से इंस्टॉल करना शुरू किया। दरअसल, वह उस खतरे से डर रहा था जो सर पर मंडरा रहा था। यदि अमेरिकियों को पता चला कि उसने उनका सेटेलाइट हैक कर रखा है, तो वे सभी संपर्क काट देंगे और फिर वह कुछ भी नहीं कर सकेगा। बस यही डर उसे बार-बार सता रहा था।

अगर उसे इस बात का डर नहीं होता तो वे निडर होकर अपना काम करता। सिस्टम इंस्टाल करने में भले ही दो दिन लग जाते तो भी उसके लिए यह कोई मुश्किल काम नहीं था।

दूसरी कठिनाई यह थी कि उसे इस बात का अंदाज़ा नहीं था कि इस सिस्टम को इंस्टॉल होने में कितना समय लगेगा।

उसने डॉक्टर मनोहर से भी इस संबंध में पूछा।

“क्या आपको पता है इस सिस्टम को इंस्टॉल होने में कितना समय लगता है?”

“मैं खुद इस बारे में नहीं जानता, यह काम तीन-चार साल पहले किया था।” डॉक्टर मनोहर ने भी इस बारे में अनभिज्ञता जताई।

जितनी देर में ६० प्रतिशत सिस्टम इंस्टॉल हुआ था, उस हिसाब से अंज़ल ने अनुमान लगाया कि वर्षा-२ पर बिना किसी रुकावट यह ऑपरेटिंग सिस्टम इंस्टॉल होने में चार से पांच घंटे लगेंगे।

इस समय रात के बारह बजे थे।

उसने और डॉक्टर मनोहर ने खाना भी नहीं खाया था। चाय बिस्कुट

एक-दो बार आये थे, उसी से काम चल रहा था। इसी बीच डॉक्टर मनोहर ने अंज़ल से खाने के लिए पूछा भी, लेकिन उसने साफ कह दिया,

"मैं एक मिनट के लिए भी सिस्टम से दूर नहीं जा सकता हूं। चाहे मुझे दो दिन तक भूखा रहना पड़े। आप भी भूखे हैं। आप कुछ खा लें।" इस पर डॉक्टर मनोहर ने उस समय जो मिल सकता था, कमरे में ही मंगवा लिया। और अंज़ल अपने काम में व्यस्त रहा।

सुबह करीब सात बजे अंज़ल के मुंह से वही खुशी भरी चीख निकली जो उसके मुंह से उस समय निकलती थी जब वह किसी काम को पूरा कर लेता था। "यस" कहते हुए उसने जब उत्साह से अपने हाथ हवा में लहराए तो डॉक्टर मनोहर को अन्दाजा हो गया कि वर्षा-२ सैटेलाइट पर ऑपरेटिंग सिस्टम इंस्टॉल हो गया है।

"बधाई हो डॉक्टर साहब!" अंज़ल ने ख़ुशी से डॉक्टर मनोहर की ओर मुड़ते हुए कहा, "सिस्टम नए उपग्रह पर सफलतापूर्वक इंस्टॉल हो गया है। अब यह आसानी से वह सभी काम करेगा जो वर्षा-१ करता था। लेकिन उसके लिए हमें प्रत्येक कार्य का डेटा दोबारा दर्ज करना होगा।"

"अरे! ऐसे तो कई महीने लग जायेंगे। डॉक्टर मनोहर ने चिंता से कहा।

"आप चिंता न करें, मैं बैकअप से प्रत्येक फ़ंक्शन को सक्रिय करने का प्रयास करता हूं। सबसे पहले बैकअप से संचार फ़ंक्शन को पुनर्स्थापित करने का प्रयास करता हूं। यदि यह बहाल हो गया, तो हमारे सर पर खौफ की जो तलवार लटक रही है, हमें उस खौफ से छुटकारा मिल जाएगा। यानी अमेरिकियों द्वारा संचार काट देने का डर! हमारा सैटेलाइट वर्षा-२ खुद यह काम करने लगेगा और पूरे देश में संचार बहाल हो जायेगा। पूरे देश के टेलीफोन, मोबाइल फोन, इंटरनेट जो इस समय बंद हैं, काम करने लगेंगे।"

"अरे, वाह! अगर इतना काम भी हो गया तो हमें बड़ी सफलता मिल जाएगी।" डॉक्टर मनोहर ने कहा, "वर्षा-१ की तबाही से निराश पूरे देश के लोग एक नए उत्साह से भर जाएंगे।"

"मैं इसे पुनर्स्थापित करने का प्रयास करता हूं।" कहते हुए अंज़ल ने बैकअप से सर्वर पर संचार डेटा को पुनर्स्थापित करना शुरू कर दिया। वर्षा-२ के सर्वर ने बैकअप फ़ाइल से डेटा को सर्वर पर कॉपी करना शुरू कर दिया।

दूसरे दिन ठीक बारह बजे संचार फ़ाइल का पूरा डेटा सर्वर पर

स्थानांतरित हो गया और एक घंटे के भीतर सभी संचार कार्य बहाल हो गए।

"यस...!" आदत अनुसार कार्य सफलतापूर्वक पूरा होते ही अंज़ल ने एक बार फिर खुशी का नारा लगाया।

अंज़ल के इस नारे के साथ ही पूरे देश की जनता के मुंह से खुशी के नारे निकल पड़े।

उनके मोबाइल फोन जो चार दिनों से बंद पड़े थे, अचानक चलने लगे और इंटरनेट भी काम करने लगा।

कहां तो वे निराशा में डूबे थे कि आतंकवादियों द्वारा किए गए नुकसान के कारण उनके मोबाइल फोन और इंटरनेट महीनों तक उपलब्ध नहीं होंगे। लेकिन मोबाइल फ़ोन और इंटरनेट की अचानक और अप्रत्याशित शुरुआत से उन्हें जो खुशी मिल रही थी, उसे वे बयां नहीं कर पा रहे थे।

"अब मैं भासा केंद्र को अमेरिकी सैटेलाइट सर्वर से डिस्कनेक्ट करता हूं।" अंज़ल ने डॉक्टर मनोहर से कहा। "क्योंकि अब हमारा संपर्क अपने उपग्रह वर्षा-२ से हो गया है। इसलिए अब मैं इस हैक किए गए सर्वर का सारा डेटा डिलीट कर दूंगा ताकि अमेरिकियों को पता न चले कि उनका सैटेलाइट हैक हुआ था और इसे किसने हैक किया था और इसका इस्तेमाल कैसे किया गया था। इस प्रकार कोई विवाद उत्पन्न नहीं होगा।"

"हाँ, हाँ, यह काम तुरंत किया जाना चाहिए।" डॉक्टर मनोहर ने कहा, "हम किसी विवाद में नहीं पड़ना चाहते क्योंकि सैटेलाइट हैक करने की सजा, जो एक आतंकवादी हैकर के लिए है, वही एक अच्छा काम करने वाले के लिए भी है।"

अमेरिकी सैटेलाइट को डिस्कनेक्ट करने से पहले, अंज़ल ने सैटेलाइट के माध्यम से काम कर रहे सभी मोबाइल फोन को डिस्कनेक्ट कर दिया, जिसमें उसके, प्रधानमंत्री और डॉक्टर मनोहर के मोबाइल फोन भी शामिल थे और उनके उपयोग का सारा डेटा मिटा दिया।

जब उसने अमेरिकी सैटेलाइट से मोबाइल फोन और उपग्रह संचार को डिस्कनेक्ट किया, तो वहां कोई संकेत नहीं था कि सर्वर को हैक किया गया था और दो दिनों तक इस्तेमाल किया गया था।

"तो जैसे तुमने अमेरिकी सैटेलाइट को हैक किया और उसके सर्वर का

इस्तेमाल किया, वैसे ही आतंकवादी हैकरों ने हमारे वर्षा–१ को हैक किया होगा?" डॉक्टर मनोहर ने पूछा।

"हाँ बिल्कुल...!"

"तब तो यह कोई मुश्किल काम नहीं लगता। हम तो सोच रहे थे कि सैटेलाइट की सुरक्षा इतनी सख्त है कि कोई भी इस सुरक्षा दीवार को नहीं तोड़ सकता।" डॉक्टर मनोहर ने कहा।

"सुरक्षा प्रणाली इस तरह से बनाई जाती है कि इसे तोड़ने की वास्तव में कोई संभावना नहीं होती, लेकिन दुनिया में एक-आध लोग ऐसे हैं जिनके पास मेरे जैसा या हैकर्स का दिमाग है जो इस सुरक्षा दीवार को तोड़ सकते हैं और फिर जो चाहें कर सकते हैं।" अंज़ल ने उत्तर दिया।

"उन कमीने हैकरों ने हमारे सैटेलाइट को हैक करके नष्ट कर दिया और अरबों लोगों को मुसीबत में डाल दिया था।" डॉक्टर मनोहर ने कहा, "यह काम तो तुमने भी किया, लेकिन इस काम के जरिए तुमने अरबों लोगों को राहत दी है।"

"यह अपनी-अपनी मानसिकता और प्रशिक्षण का मामला है अंकल।" अंज़ल ने कहा। "जिसके दिमाग में फितूर होता है वह केवल बुरा सोचता है और अपनी क्षमताओं का गलत इस्तेमाल करता है। अपनी क्षमताओं का दुरुपयोग करके वे केवल लोगों को नुकसान पहुंचाते हैं, लेकिन जिनका मन साफ होता है वे हमेशा अपनी क्षमताओं का उपयोग लोगों को लाभ पहुंचाने के लिए करने का प्रयास करते हैं।"

"बिल्कुल।" डॉक्टर मनोहर ने कहा।

"अब मैं दूसरे फंक्शन बैंकिंग को बहाल करने का प्रयास करता हूं अंकल।" अंज़ल ने कहा।

डॉक्टर मनोहर ने कहा, "बिल्कुल, बिल्कुल। वह बहुत महत्त्वपूर्ण काम है। पूरे देश के बैंक बंद हैं और लोगों के पास करोड़ों रुपये होने के बावजूद वे इतने असहाय हैं कि एक-एक रुपये के मोहताज हैं।"

और अंज़ल ने अपना काम शुरू कर दिया।

दो घंटे तक काम चलता रहा। इस दौरान दोनों ने कोई बात नहीं की।

अचानक डॉक्टर मनोहर ने पूछा।

“अंज़ल, तुम्हारे पास जो क्षमताएं हैं। उसके आधार पर तुम यह भी पता लगा लोगे कि किन हैकर्स ने सैटेलाइट को हैक किया है। वे लोग कौन हैं, कहां रहते हैं और उन्होंने वर्षा-१ को कैसे नष्ट कर दिया?”

“बिल्कुल पता लगा लूंगा।” अंजल ने कहा, “एक बार यह पूरा सिस्टम ठीक हो जाए। तब मैं उन्हें ढूंढूंगा और उनकी खबर लूंगा। उन्होंने हमारे देश को जो नुकसान पहुंचाया है, उसके लिए उन्हें ऐसी सजा दी जानी चाहिए कि लोग इससे सीख लें।”

“बिल्कुल, बिल्कुल। हमारे लिए पहले सभी सेवाओं को बहाल करना अत्यावश्यक है।” डॉक्टर मनोहर ने कहा।

उसके बाद हर दो घंटे में एक सेवा बहाल होती गई। बैंकिंग सेवाएं बहाल होने के बाद अंज़ल ने सरकारी कार्यालयों की कामकाजी सेवाएं भी बहाल कर दीं।

और जो शहर सैटेलाइट से जुड़े हुए थे उनकी बिजली व्यवस्था भी बहाल हो गई और जो शहर अभी भी अंधेरे में थे उन सभी को बिजली मिल गई।

इसके बाद अंज़ल ने ट्रैफिक व्यवस्था को दुरुस्त कर दिया और दरअसल दो दिन के अंदर पूरी व्यवस्था दुरुस्त करने का दावा करने वाले अंज़ल ने अपने दावे के मुताबिक दो दिन में पूरी व्यवस्था को सामान्य कर दिया।

इस दौरान वह एक पल के लिए भी न तो सोया और न ही ठीक से खाना खाया। उसका नाम पूरे देश में फैल गया कि कैसे एक युवक ने अपने कौशल से दो साल में पूरा न हो सकने वाला कठिन कार्य मात्र दो दिन में पूरा कर दिया।

और प्रधानमंत्री अंज़ल को बधाई देने और उसे धन्यवाद देने के लिए भासा सेंटर के लिए रवाना हो गए।

लेकिन अंजल ने साफ कह दिया।

“अब मैं सोना चाहता हूं। अब मैं एक पल के लिए भी नहीं जाग सकता, जब प्रधानमंत्री यहां पहुंचें तो मुझे जगा दिया जाए।”

और वहां रखे एक सोफे पर लेट कर अंज़ल गहरी नीन्द में खो गया।

✍✍

क्लोन मोबाइल

नष्ट हो चुके सैटेलाइट वर्षा को दो दिन के अंदर ठीक करके पूरा सिस्टम दोबारा शुरू करने के लिए अंज़ल की दुनिया भर में तारीफ हो रही थी।

प्रधानमंत्री ने भासा सेंटर आकर उसे बधाई दी और पूरे देश की ओर से धन्यवाद किया।

दो दिन बाद संसद भवन में उसका अभिनंदन किया गया और देश के सभी सांसदों ने उसे धन्यवाद दिया।

उसे देश का सर्वोच्च सम्मान देने का निर्णय लिया गया और उसे स्वतंत्रता दी गई कि यदि वह देश के किसी भी विभाग में किसी भी उच्च पद पर काम करना चाहे तो उसे उस पद पर नियुक्त किया जाएगा।

पूरे देश में उसका स्वागत हो रहा था।

दुनिया भर से लोग उसकी सराहना कर रहे थे, दुनिया भर से टीवी चैनल के प्रतिनिधि उसका इंटरव्यू ले रहे थे और उससे पूछ रहे थे कि जो काम सालों में नहीं हो सकता था, उसे उसने दो दिन में कैसे कर दिखाया? वह सब कुछ राज़ रखना चाहता था, इसलिए उसने बड़ी शालीनता से इस सवाल का जवाब टाल दिया।

प्रधानमंत्री ने जाते-जाते उससे कहा था।

"तुमने जो काम किया है, उसके कारण मैं विश्वास के साथ कह सकता हूं कि तुम उन आतंकवादी हैकरों का पता लगा लोगे जिन्होंने हमारे उपग्रह को हैक किया और जब उनकी मांगें पूरी नहीं हुईं तो उसे नष्ट कर दिया। पता लगाओ और हमें बताओ। चाहे वे दुनिया में कहीं भी रहें, हम उन्हें ढूंढ लेंगे और उनके कृत्य के लिए उन्हें कड़ी सजा देंगे।"

इस पर अंज़ल ने उन्हें जवाब दिया था,

"वह पूरे देश के दुश्मन हैं और मेरे भी निजी दुश्मन हैं। उनके बारे में और उनके ठिकाने का पता लगाना मेरे लिए बाएं हाथ का खेल है। मैं उनके बारे में पता लगाऊंगा और आपको उनकी पूरी जानकारी बताऊंगा। फिर आप उन्हें जो दण्ड देना चाहें दें। हो सकता है उन्हें सज़ा देने की प्रक्रिया में मैं आपके साथ रहूं। ज़रा मुझे इन स्वागत और सम्मान कार्यक्रमों से फुर्सत तो मिले।" अंज़ल ने उन्हें जवाब दिया।

"ठीक है। जब भी तुम्हें मौका मिले पहली फुर्सत में तुम यह काम कर दो।" प्रधानमंत्री ने कहा।

दूसरे दिन उन्होंने देश को संबोधित करते हुए आतंकियों को चेतावनी देते हुए कहा था कि उन्होंने जो पाप किया है उसकी उन्हें कम से कम सजा मिले, इसके लिए उनके लिए सबसे अच्छी बात यही है कि वे जल्द से जल्द खुद को कानून के हवाले कर दें। अगर आठ दिन के अंदर उन्होंने खुद को कानून के हवाले नहीं किया तो फिर वे दया क पात्र न रह कर कड़ी सजा के हकदार होंगे और इस सजा के लिए हम जिम्मेदार नहीं होंगे।"

आठ दिन बाद जब अंज़ल को कुछ फुर्सत मिली तो वह सीधे भासा सेंटर पहुंचा।

"अरे अंज़ल, आओ, आओ।" डॉक्टर मनोहर ने उसका अभिवादन किया, "कैसे आये?"

"अंकल दरअसल सैटेलाइट से जिन हैकरों ने वर्षा को हैक करके नष्ट किया था, उनका डेटा हासिल करना है, ताकि उन्हें सजा मिल सके। प्रधानमंत्री ने भी मुझसे इस काम के लिए अनुरोध किया है।" अंज़ल ने जवाब दिया।

"बिल्कुल। इन लोगों को इस कृत्य के लिए कड़ी सजा मिलनी चाहिए।" डॉक्टर ने कहा, "मैं तुम्हें पूरी सैटेलाइट तक पहुंचने की अनुमति देता हूं, तुम इससे जो भी डेटा चाहो ले सकते हो।"

"नहीं, मुझे बस उन हैकर्स के बारे में जानकारी प्राप्त करनी है।" कहते हुए अंज़ल कंप्यूटर पर बैठ गया।

आधे घंटे में उसने उन हैकर्स की पूरी जानकारी हासिल कर ली थी।

"ठीक है अंकल, धन्यवाद! मुझे वह जानकारी मिल गई जिसकी मुझे

तलाश थी। अब मैं उनकी तलाश शुरू करूंगा।" अंज़ल ने कहा और भासा केंद्र से चला आया।

जब सैटेलाइट से प्राप्त डेटा को उसने अपने कंप्यूटर में डालकर प्रयोग किया तो उन हैकर्स की सारी जानकारी उसके सामने आ गई। किस तरह उन्होंने वर्षा-१ को हैक किया और किस तरह उन्होंने इसे नष्ट कर दिया।

वो पांच बेहद उन्नत किस्म के सैटेलाइट मोबाइल फोन थे, जिनसे वर्षा-१ से संपर्क करके उसे हैक किया गया था। साथ ही एक इंटरनेट कनेक्शन भी था।

जो डेटा उसके सामने आया उससे पता चलता था कि उन्होंने वर्षा-१ को इतनी आसानी से हैक नहीं किया था। बल्कि वे लगातार एक महीने से वर्षा को हैक करने की कोशिश कर रहे थे, जब-जब उन्होंने वर्षा के सर्वर को हैक करने की कोशिश की, तो सारी जानकारी वर्षा के सर्वर द्वारा रिकॉर्ड कर ली गई। वो छह लोग रोजाना कई बार कोशिश करते रहे लेकिन वर्षा को हैक करने में सफल नहीं होते थे।

लेकिन आख़िरकार किसी तरह उन्होंने इसे हैक कर लिया। धमकी देकर उनके सहयोगियों को रिहा करने और उनके स्विस बैंक खाते में अरबों रुपये जमा करने की मांग की।

लेकिन जब उनकी मांग पूरी नहीं हुई तो उन्होंने अपनी शक्ति दिखाने के लिए वर्षा को नष्ट कर दिया। उन्होंने वर्षा को बहुत आसानी से नष्ट किया था। इसके लिए उन्होंने किसी हथियार का इस्तेमाल नहीं किया था।

अंतरिक्ष में एक निष्क्रिय क्षुद्रग्रह था जिसने काम करना बंद कर दिया था। वह अपनी जगह निलंबित था। हैकर्स ने वर्षा, जो पूरी तरह से उनके नियंत्रण में था, उसे इस निष्क्रिय प्लेटफार्म से टकरा कर नष्ट कर दिया था।

इस प्रकार उसने पता लगाया कि वर्षा को कैसे नष्ट किया गया। यह सारी जानकारी उसे प्रधानमंत्री के आदेश के अनुसार सुरक्षा एजेंसियों को देनी थी ताकि वह इन हैकर्स का पता लगा कर उन्हें सजा दे सकें।

लेकिन उससे पहले वो खुद इन हैकर्स को ऐसी सजा देना चाहता था कि वो तिलमिला उठें।

और इसका सबसे आसान तरीका उसने सोचा था।

हैकर्स ने जिस स्विस बैंक खाते में पैसे जमा करने को कहा था, वह उस खाते से सारा पैसा निकाल कर उन्हें कंगाल कर देना चाहता था।

वह जानता था कि उस खाते में अरबों रुपये होंगे जो उन्होंने इसी तरह के आतंकवादी कृत्यों से जमा किये होंगे।

जब वह सारा धन उनके हाथ से निकल जाएगा तो उनकी हालत पागलों जैसी हो जाएगी, वे तिलमिला कर रह जाएंगे। लेकिन वह जानता था कि उनके स्विस बैंक खाते का पता लगाना और फिर उसमें से पैसे निकालना इतना आसान नहीं था।

स्विस बैंक खाते में इतनी सुरक्षा होती है कि इस सुरक्षा को तोड़ना असंभव हाता है।

लेकिन जिस शख्स ने अमेरिकी सैटेलाइट सिस्टम को हैक कर लिया और दो दिन में पूरे नष्ट हुए सैटेलाइट सिस्टम को दोबारा स्थापित कर दिया, उसके लिए यह कोई मुश्किल काम नहीं था।

वह जानता था कि स्विस बैंक उसी मोबाइल फोन से संचालित होता है जो खाता खोलते समय स्विस बैंक के रिकॉर्ड में होता है। खाते को संचालित करने के लिए उसके आईएमई नंबर, मोबाइल नंबर, ओटीपी और कभी-कभी आंख की पुतली जैसी सुरक्षा का भी उपयोग किया जाता है और पासवर्ड की तो जरूरत होती ही है।

यानी अगर किसी खाताधारक का मोबाइल फोन हाथ लग जाए, उसका खाता नंबर और पासवर्ड पता हो, तो भी उस खाते में पैसे जमा किए जा सकते हैं या खाते से पैसे निकालकर दूसरे खाते में ट्रांसफर किए जा सकते हैं।

यानी उसे इस खाते से पैसे निकालने के लिए पहले वही मोबाइल लेना होगा। जो कि असंभव सी बात है।

फिर सबसे बड़ी समस्या यह थी कि वर्षा को पांच मोबाइल से हैक किया गया था, उनमें से स्विस बैंक के जिस खाते में पैसे जमा करने को कहा गया था, वह किस मोबाइल फोन से संचालित होता था, इसका भी पता नहीं था। यानी अब पांचों मोबाइल पास होने जरूरी है।

इसमें भी एक कठिनाई थी।

यदि वह खाता किसी ऐसे मोबाइल के माध्यम से संचालित होता है जिसका

उपयोग वर्षा को हैक करने के लिए नहीं हुआ, तो यह कार्य लगभग असंभव हो जाता है। उसके पास इन पांचों मोबाइलों में इस्तेमाल किए गए सिम नंबर और इन मोबाइलों का आईएमई नंबर भी था। इसके जरिए उनके मोबाइल डेटा को आसानी से हैक कर उनका डेटा हासिल किया जा सकता है।

लेकिन केवल डेटा प्राप्त करना ही पर्याप्त नहीं था।

किसी भी हाल में वह इस स्विस बैंक से सारा पैसा निकालकर इन हैकर्स को सबक सिखाना चाहता था।

चलो पहले ये पांच मोबाइल का डेटा तो प्राप्त करें, उसने सोचा और काम पर लग गया।

दो दिन की कड़ी मेहनत के बाद उसे उन पांचों मोबाइल का सारा डेटा मिल गया और यह भी जानकारी मिल गई कि वे मोबाइल किस कंपनी के थे।

वे पांचों करोड़ों रुपये कीमत के अत्याधुनिक मोबाइल थे, जो सीधे सैटेलाइट से संचालित होते थे। वे दुनिया के किसी भी कोने से सैटेलाइट से जुड़कर कॉल कर सकते थे या कॉल भेज सकते थे।

बल्कि वे चाहें तो अंतरिक्ष में किसी भी उपग्रह से संपर्क कर सकते हैं। इसी लिए तो उन्होंने वर्षा से संपर्क कर लिया और उसे हैक भी कर लिया था।

अंज़ल के पास भी इसी तरह का मोबाइल था लेकिन वह उतना महंगा नहीं था। उसने सोचा कि इन पांचों मोबाइलों के क्लोन बना लिए जाएं क्योंकि उसके पास इन पांचों मोबाइलों का सारा डेटा तो है ही, अगर उसे कंपनी के पांचों मोबाइल मिल जाएं तो वह आसानी से उनका क्लोन बना सकता है।

यानी उस मोबाइल में क्या हो रहा है, किसे कॉल किया जा रहा है, कॉल कहां से आ रही है। संदेश किसे भेजा जा रहा है? वह इन मोबाइलों में इंस्टॉल सभी ऐप्स तो देख सकता था, लेकिन कॉल नहीं कर सकता था। हां, वह आने वाली हर कॉल को सुन सकता था। उसने प्रधानमंत्री से फोन की बात कही।

"सर! मैं उन हैकर्स का पता लगाने में जुटा हूं जिन्होंने वर्षा को हैक करके नष्ट किया था। इसके लिए मुझे इन पांच मॉडलों और कंपनियों के मोबाइल फोन की सख्त जरूरत है। क्योंकि वे इतने महंगे हैं कि मैं उन्हें खरीद नहीं सकता।"

"तुम चिंता न करो... मुझे मोबाइल नंबर और मॉडल नंबर भेज दो।

शाम तक पांचों मोबाइल फोन तुम्हें मिल जाएंगे।" प्रधानमंत्री ने जवाब दिया।

उसने प्रधानमंत्री को पांचों मोबाइल कंपनियों के नाम और मॉडल बताए।

वादे के मुताबिक शाम तक पांचों मोबाइल फोन उसके पास पहुंच गए।

इन पांच मोबाइलों को देखकर उसके होठों पर मुस्कान आ गई, अब उसके लिए काम आसान हो गया था।

सबसे पहले उसने इन पांचों मोबाइल के ईएमआई नंबर बदल दिए, ये वही नंबर थे जो उन हैकर्स के मोबाइल नंबर थे।

अब वह इन हैकर्स के मोबाइल फोन को आसानी से क्लोन कर सकता था यानी उनकी नकल बना सकता था।

शाम तक उसने पांचों मोबाइल की नकल भी बना ली। अब उन पांचों हैकर्स का पूरा कच्चा चिट्ठा उसके पास था, और इतनी सफाई से कि उन एक्सपर्ट हैकर्स को भी पता नहीं चलेगा कि उनका मोबाइल डुप्लीकेट हो चुका है और ये मोबाइल कहीं और भी काम कर रहा है।

उसने अपने मोबाइल में स्विस बैंक का ऐप खोजा और अपना सर पकड़ लिया। प्रत्येक मोबाइल में स्विस बैंक का ऐप था, जिसका अर्थ है कि सभी पांच हैकरों के पास स्विस बैंक खाते थे।

अब उसे नहीं पता था कि उन्होंने किस अकाउंट में पैसे जमा करने के लिए कहा था। क्योंकि उसकी नजर में वही सबसे महत्वपूर्ण अकाउंट है जिसमें हैकर्स की सबसे अधिक धनराशि जमा होगी। वह उसे खाली करके हैकर्स को मानसिक यातना देना चाहता था।

लेकिन ये उसके लिए मुश्किल भी नहीं था।

इसके बाद उसने प्रधानमंत्री को फोन किया।

"सर, मुझे वह स्विस बैंक खाता चाहिए जिसमें हैकर्स ने पैसे जमा करने के लिए कहा था।"

"ठीक है, मैं अभी भेजता हूं।" प्रधानमंत्री ने जवाब दिया।

कुछ देर बाद प्रधानमंत्री ने उसे वह अकाउंट नंबर भेजा जिसमें हैकर्स ने पैसे जमा करने को कहा था। उसने जांच की तो एक मोबाइल में वह नंबर था। उसके दिल में जो आशंका थी कि अगर वह खाता नंबर किसी और मोबाइल का होगा तो उसका पता लगाना लगभग असंभव होगा, वह आशंका दूर हो गई थी।

उसके होठों पर मुस्कान तैर गई।

"हैकरो...! अब देखो मेरा कमाल। अगर मैंने तुम्हें पागलों की तरह अपने बाल नोचने और दीवारों से सर टकराने पर मजबूर न कर दिया, तो मेरा नाम भी अंज़ल नहीं।"

फिर वह एक कोड बनाने में लग गया।

दो घंटे की कड़ी मेहनत के बाद उसने एक छोटा सा कोड बनाया और उस मोबाइल पर भेज दिया, जिससे वह स्विस बैंक खाता चलता था।

जाहिर तौर पर यह एक छोटी सी तस्वीर थी। सोशल मीडिया पर रोजाना हजारों ऐसी तस्वीरें आती हैं और लोग उन पर ध्यान नहीं देते, यहां तक कि हैकर ने भी इस पर ध्यान नहीं दिया।

लेकिन सिर्फ अंज़ल को ही पता था कि ये असल में एक खतरनाक ऐप है जिसे अंज़ल जब चाहे तब खोल और ऑपरेट कर सकता है। अंज़ल हैकर के सोने का इंतजार करने लगा।

उसे हैकर के खाते से पैसे निकालने के लिए एक घंटे के लिए उसका मोबाइल बंद करना था। यह दिन में संभव नहीं था, केवल रात में ही संभव था। दिन में अगर उसका मोबाइल बंद करता तो उसे पता चल जाता। सोते समय मोबाइल बंद होने पर पता नहीं चलेगा।

चूंकि हैकर का मोबाइल फोन अंज़ल के पास था, इसलिए अंज़ल उसकी सभी गतिविधियों पर नज़र रखने में सक्षम था।

रात बारह बजे ऐसा लगा के हैकर सो गया है।

अब वह दो-तीन घंटे आराम से सोएगा। ये बात अंज़ल को पता थी।

उसने हैकर के मोबाइल में अपना ऐप एक्टिवेट कर दिया। ऐप का काम सिर्फ इतना था कि जैसे ही इसे स्टार्ट किया जाता, वह मोबाइल बंद हो जाता और क्लोन मोबाइल एक्टिवेट हो जाता, यानी उस मोबाइल पर आने वाले कॉल, मैसेज क्लोन मोबाइल पर आएंगे। कोई उस मोबाइल को ऑपरेट नहीं कर पाएगा। क्लोन मोबाइल से ही मोबाइल ऑपरेट किया जा सकेगा।

इसके बाद उसने बड़ी आसानी से उस मोबाइल पर स्विस बैंक ऐप में लॉग इन किया। उसके पास पासवर्ड नंबर था। ओटीपी आया तो वह भी डाल दिया। उसके सामने स्विस बैंक का एक खाता खुल गया।

जब उसने इस खाते का बैलेंस देखा तो अवाक रह गया।

"बाप रे! इस खाते में ६८ अरब रुपये हैं। उसने तुरंत वह पूरा रुपया प्रधानमंत्री राहत कोष में ट्रांसफर कर दिया।

पैसे ट्रांसफर करने का ऑपरेशन उसने बड़ी आसानी से किया क्योंकि उसके पास हैकर का क्लोन मोबाइल था।

कुछ ही समय में इस खाते की पूरी रकम प्रधानमंत्री राहत कोष में जमा हो गयी।

अंज़ल ने क्लोन मोबाइल बंद कर दिया। उसने हैकर के मोबाइल से अपना ऐप डिलीट कर दिया, जिससे उसका मोबाइल लॉक हो गया था और प्रधानमंत्री को कॉल किया।

"सर, क्या आपके खाते में ६८ अरब रुपए जमा हो गए हैं?"

"हां, हां।" प्रधानमंत्री ने उत्साह से कहा, "मैं आश्चर्यचकित हूं, इतनी बड़ी रकम अचानक मेरे खाते में कहां से आ गयी?"

"यह मैंने हैकर से हमारे वर्षा को नष्ट करके हुई परेशानी के मुआवजे के रूप में वसूल किए हैं। उस रकम से हम वर्षा जैसे पांच सॅटेलाइट बना सकते हैं।" अंज़ल ने कहा।

"अंज़ल, यू आर ग्रेट!" प्रधानमंत्री ने ख़ुशी से कहा, तो अनज़ल मुस्कुरा कर रह गया।

✍✍

मिशन जोलान

आठ दिन से अधिक समय बीत चुका था।

प्रधानमंत्री ने वर्षा उपग्रह को नष्ट करने वाले हैकरों को आठ दिन का समय दिया था कि वे सरकार के सामने आत्मसमर्पण कर दें तो उनके साथ नरम व्यवहार किया जाएगा। यदि वे आठ दिनों के भीतर स्वयं सरकार के सामने आत्मसमर्पण नहीं करते हैं, तो उन्हें कड़ी सजा दी जाएगी।

अब उन्हें सज़ा देने का समय आ गया था।

इस संबंध में अंज़ल को प्रधानमंत्री का फोन आया।

"अंज़ाल, अब उन हैकर्स को सज़ा देने का समय आ गया है। इस संबंध में तुम क्या मदद कर सकते हो?"

"हर तरह की मदद, सर! मैं उन हैकर्स की हर गतिविधि पर नजर रख रहा हूं कि वे कहां हैं और क्या कर रहे हैं? अब आप निर्णय लें कि उन्हें जीवित गिरफ्तार करके हमारे सामने लाया जाए या उन्हें उनके देश में ही मौत के घाट उतार दिया जाए।"

"अगर हम किसी तरह उन्हें जिंदा गिरफ्तार करके अपने देश ले भी आएं, तो भी अंतरराष्ट्रीय दबाव के कारण हम उन्हें मौत की सज़ा नहीं दे पाएंगे, इसलिए मुझे लगता है कि उनमें से एक-आध को गिरफ्तार करके हमारे देश में लाया जाए, ताकि दुनिया और देश की जनता को बताएं कि हमने क्या किया है। बाकियों को उनके ही देश में ख़त्म कर देना चाहिए। मैंने ये आदेश सुरक्षा एजेंसियों और खासकर 'रा' को भी दे दिए हैं। 'रा' वाले इस संबंध में तुमसे मदद चाहेंगे और वही इस ऑपरेशन को अंजाम देंगे।" प्रधानमंत्री ने कहा।

"ठीक है। जैसा आप उचित समझें, मैं 'रा' की हर तरह से मदद करने के लिए तैयार हूं।" अंज़ल ने जवाब दिया।

अगले दिन, अंज़ल को 'रा' के कार्यालय में बुलाया गया और उसकी 'रा' प्रमुख मिस्टर राणा के साथ एक बैठक रखी गई।

"प्रधानमंत्री ने हमें वर्षा उपग्रह को हैक करने वाले सभी पांच आतंकवादी हैकरों के खिलाफ कार्रवाई करने का आदेश दिया है। उनमें से चार को हमें उनके देश में जा कर खत्म करना है और एक को अपने देश में लाना है। प्रधानमंत्री ने कहा है कि तुम इस संबंध में हमारी पूरी मदद करोगे क्योंकि तुम उन पांचों हैकर्स से अच्छी तरह वाकिफ हो और उनकी हर हरकत पर तुम्हारी नजर है।"

"बिल्कुल। मैं आपकी हर तरह से मदद करने के लिए तैयार हूं।" अंज़ल ने जवाब दिया।

"हमें आज जोलान जाना है, जिस देश के वे निवासी हैं। हमारे पासपोर्ट आदि तैयार हैं और एक विशेष विमान हमें जोलान ले जाएगा। मेरे साथ दस आदमी होंगे। हमें जोलन में सारा काम करना है और एक हैकर को पकड़ कर लाना है।" राणा साहब बोले।

"मैं भी तेयार हूँ।" अंज़ल ने कहा।

और वे उसी शाम एक विशेष विमान से जोलान के लिए रवाना हो गये। जोलान बहुत कुख्यात देश था। वहाँ अराजकता और रिश्वतखोरी का बोलबाला था। वहां की सरकार, राजनेता, पुलिस, हर कोई, सब भ्रष्ट थे, इसलिए यह दुनिया के भगोड़े अपराधियों का अड्डा बन गया था।

अपराधी, पुलिस से बचने के लिए जोलान की ओर भाग जाते थे और वहां आराम से रहते थे या वहां से अपना अपराध शासन चलाते थे।

जोलन हैकर्स और साइबर अपराधियों का स्वर्ग था।

दुनिया भर के आपराधिक मानसिकता वाले हैकर जोलान से दुनिया भर में अपराध करते थे, क्योंकि उनकी जोलान पुलिस से मिलीभगत थी, इसलिए कोई उनका कुछ नहीं बिगाड़ सकता था। वर्षा को हैक कर बर्बाद करने वाले पांच हैकर भले ही दुनिया के दूसरे देशों के हों, लेकिन उन्होंने जोलान की धरती से ये पाप किया था, यह सोच कर कि उन पर कोई हाथ नहीं डाल पाएगा। दुनिया की कोई भी पुलिस उन्हें गिरफ्तार नहीं कर सकती।

और भारतीय पुलिस के लिए भी जोलान पुलिस की मदद से उन्हें गिरफ्तार करना लगभग असंभव था।

अतः 'रा' को उन्हें गिरफ्तार करने अथवा दण्डित करने के लिए मैदान में उतरना पड़ा।

जोलन पहुंचकर वह एक होटल में रुके और हैकरों को न्याय के कटघरे में खड़ा करने के लिए एक बैठक की।

सभी ने कहा कि क्योंकि अंज़ल के पास इन सभी हैकर्स का विवरण है, उन सभी ने कहा कि उसके पास उनका क्लोन मोबाइल भी है, इसलिए उन्हें बताए कि वे लोग कहां हैं? और वे अपना काम कर देंगे। दूसरे शब्दों में, उन्हें खत्म कर दिया जाएगा और उनमें से एक को गिरफ्तार कर भारत ले जाया जाएगा।

लेकिन अंज़ल इस योजना से असहमत था।

"माना कि जोलान में इन हैकरों को दंडित करने का कोई बेहतर तरीका नहीं है। लेकिन कानून को अपने हाथ में लेने के बजाय, हमें कानून की मदद से यह काम करना चाहिए।" अंज़ल ने राणा साहब को समझाया, "हम जोलान पुलिस को बताएं कि हमारे उपग्रह को नष्ट करने वाले ये पांच अपराधी जोलान में हैं। पुलिस को उन्हें गिरफ्तार करके हमें सौंप देना चाहिए या उन्हें गिरफ्तार करने में हमारी मदद करनी चाहिए या हमें उन्हें गिरफ्तार करने देना चाहिए। जाहिर सी बात है कि जोलन पुलिस इन हैकर्स को खुद गिरफ्तार करने की कोशिश नहीं करेगी और न ही उन्हें गिरफ्तार करने में हमारी मदद करेगी। वे कहेंगे कि आप इन्हें खुद ही गिरफ्तार कर लें। उस तरह हम काम करने के लिए स्वतंत्र रहेंगे। हम प्रतिरोध के नाम पर इन हैकर्स को खत्म कर देंगे। एक को गिरफ्तार कर जोलान पुलिस के सामने पेश किया जाएगा। जोलान पुलिस खुशी से हमें उसे भारत ले जाने की अनुमति दे देगी।"

ऑपरेशन अभी शुरू भी नहीं हुआ था कि प्रधानमंत्री ने घोषणा कर दी।

"हमारे उपग्रह को नष्ट करने वाले हैकर जोलान में छिपे हुए हैं। हमारी टीम उन्हें गिरफ्तार करने के लिए जोलान गई है। वह जल्द ही उन्हें गिरफ्तार कर भारत लाएगी।"

यह ऐसी बात थी जिसे सुन कर हैकर्स चौकन्ना होकर छुप सकते थे और छुपने के बाद उन्हें ढूंढना लगभग असंभव हो जाना था लेकिन उनके लिए सबसे बड़ी मदद उन हैकर्स के क्लोन मोबाइल थे जो अंज़ल के पास थे।

इनके जरिए उन्हें इन हैकर्स के बारे में रियल टाइम जानकारी मिल रही थी और इन मोबाइल की वजह से वे उनकी लोकेशन को आसानी से ट्रैक कर सकते थे।

इसलिए प्रधानमंत्री की यह घोषणा भी उनके लिए कोई मुश्किल खड़ी नहीं कर सकी, बल्कि प्रधानमंत्री की इस घोषणा से पूरे देश में खुशी की लहर दौड़

गई कि जल्द ही उनके गुनहगारों को उनके पापों की कड़ी सज़ा मिलेगी। काफ़ी विचार-विमर्श के बाद, राणा साहब जोलान पुलिस को अपने आगमन की सूचना देने पर सहमत हुए।

अगले दिन, उन्होंने आधिकारिक तौर पर जोलान पुलिस को जोलान में अपनी उपस्थिति और उद्देश्य के बारे में सूचित किया और उनसे मदद मांगी।

जवाब में जोलान पुलिस का वही रवैया उनके सामने आया, जिसकी उन्हें पूरी उम्मीद थी।

जोलान पुलिस के प्रमुख ने यह स्पष्ट रूप से कहा था।

"हम और हमारी पूरी फोर्स कई मामलों में उलझी है। हम निश्चित रूप से आप लोगों की मदद करना चाहते हैं लेकिन आप लोगों की मदद कर पाने में हफ्तों से लेकर महीनों तक का समय लग जाएगा। तब तक आप लोगों को हाथ पर हाथ धरे बैठे रहना होगा। इस बीच, आप स्वयं अपने अपराधियों की तलाश करते रहें, यदि वे आपको मिलें, तो उन्हें हमारे हवाले कर दें। कानूनी कार्यवाही के बाद हम आपके अपराधियों को आपको सौंप देंगे और फिर आप उन्हें आसानी से अपने देश वापस ले जा सकेंगे।"

उसके उत्तर ने उन्हें निराश नहीं किया, उन्हें ख़ुशी थी कि अब वह पूरी आज़ादी के साथ काम कर सकते हैं, चोरी छिपे काम करने की ज़रूरत नहीं है।

उस रात राणा साहब और उनके साथी घोड़े बेचकर होटल में सोते रहे, लेकिन अंज़ल पूरी रात जागता रहा।

वह हैकरों के मोबाइल पर नजर रख रहा था और उनके सो जाने का इंतजार कर रहा था।

जिस तरह उसने इन हैकर्स के मुख्य स्विस बैंक खाते से सारा पैसा प्रधानमंत्री राहत कोष खाते में ट्रांसफर कर दिया था, उसी तरह वह इन पांचों के निजी खाते का पैसा भी प्रधानमंत्री राहत कोष खाते में ट्रांसफर करना चाहता था।

क्योंकि अगर वे इस ऑपरेशन के दौरान मारे जाते हैं, तो उनका पैसा स्विस बैंक खाते में पड़ा रह जाएगा।

उनके मरने से पहले उनका पैसा किसी खाते में स्थानांतरित कर दिया जाए, तो वह किसी के काम आएगा।

जैसे ही स्विस बैंक को किसी भी स्रोत से ग्राहक की मृत्यु की जानकारी मिलती है, तो वह तुरंत खाता ब्लॉक कर देता है।

फिर अगर खाताधारक के वारिस को इस बैंक खाते के बारे में पता होता

है, तो बेहद जटिल कानूनी प्रक्रिया के बाद ही पैसा उसे मिलता है वरना स्विस बैंक के लाभ खाते में जमा कर दिया जाता है।

उस रात, अंज़ल ने पांचों हैकरों के खातों से प्रधानमंत्री राहत कोष में पैसे ट्रांसफर कर दिए।

जैसे ही कोई हैकर सो जाता, अंज़ल अपने द्वारा बनाए गए कोड सॉफ़्टवेयर का उपयोग करके उसका मोबाइल बंद कर देता था और अपने क्लोन मोबाइल को सक्रिय करता था और स्विस बैंक से सारे पैसे निकाल लेता था।

प्रधानमंत्री राहत कोष में पैसे ट्रांसफर करने के बाद वह हैकर के मोबाइल को दोबारा सक्रिय कर देता था और उसमें से अपनी कार्रवाई का सारा डेटा डिलीट कर देता था।

दूसरे दिन, जब अंजल देर तक घोड़े बेच कर सो रहा था, वह पांचों हैकरों के लिए कयामत का दिन था, जैसे ही उन्होंने अपने खातों की जांच की, तो उन्हें अपने खातों में ज़ीरो बैलेंस मिला और यह भी देखा कि रात जब वे सो रहे थे, उनके सारे पैसे कहीं ट्रांसफर कर दिए गए थे।

स्विस बैंक में यह भी एक सुरक्षा है कि अगर एक खाते से दूसरे खाते में पैसा ट्रांसफर किया जाता है, तो जिस खाते में पैसा ट्रांसफर किया गया है, उसका विवरण खाताधारक के खाते में दिखाई नहीं देता है। चूँकि इस प्रकार का ट्रांसफर केवल खाताधारक द्वारा ही किया जा सकता है, इसलिए बैंक को उसे कोई विवरण प्रदान करने की आवश्यकता नहीं होती है।

काफी विरोध के बाद, स्विस बैंक उसे बड़ी मुश्किल से बताती है कि जो पैसा उसने खुद ट्रांसफर किया था, वह किस बैंक खाते में ट्रांसफर किया गया है।

अंज़ल को राणा साहब ने नींद से जगाया।

वे किसी एक हैकर का मौजूदा पता चाहते थे और आज से काम शुरू करना था और पहले हैकर को ठिकाने लगाना था।

अंज़ल ने एक मोबाइल फोन उठाया, वह जैक का था। इस मोबाइल फोन के जरिए उसने आसानी से उसके ठिकाने का पता लगा लिया।

इस समय वह एक होटल में बैठकर नाश्ता कर रहा था। अंज़ल ने उस होटल का नाम, पता और टेबल नंबर भी बताया और अपने मोबाइल फोन से उसकी एक तस्वीर भी 'रा' टीम को दी।

'रा' की टीम तुरंत अपने मिशन पर निकल पड़ी। अंज़ल और राणा

साहब होटल के कमरे में ही बैठे थे। अंज़ल ने होटल के कमरे के टीवी को टीम के एक सदस्य के मोबाइल फोन के कैमरे से कनेक्ट कर दिया था। इसलिए जहां वे जा रहे थे वहां कैमरे में जो कुछ दिख रहा था, वह सब टीवी की बड़ी स्क्रीन पर दिख रहा था। उन लोगों की आपस में बात करने की आवाजें भी स्क्रीन पर आ रही थीं।

होटल से राणा साहब उन्हें जो निर्देश दे रहे थे, वे स्पष्ट रूप से सुने जा सकते थे और स्क्रीन पर भी वह बीतें सुनाई दे रही थीं।

जैक को उन्होंने बड़ी आसानी से खत्म कर दिया।

जैक एक मेज पर बैठा नाश्ता कर रहा था। टीम सदस्य दूसरी टेबल पर जाकर बैठ गये। वह नाश्ते के साथ मेज़ पर रखा शराब का जाम भी पीता जा रहा था।

'रा' का एक सदस्य उठकर उसके पास गया, उसने कुछ कहा और बहुत सावधानी से उसकी शराब में जहर मिला दिया और अपनी मेज पर लौट आया।

थोड़ी देर बाद जैसे ही जैक ने शराब पी, उसके चेहरे के भाव बदलने लगे और वह अचानक छटपटाने लगा। वह कुर्सी से गिर गया और वहीं ठंडा हो गया।

यह सारी घटना वे अपने टीवी स्क्रीन पर देख रहे थे। उसके मरते ही उसकी मौत का वीडियो प्रधानमंत्री को भेज दिया गया।

"एक हैकर का अंत हो गया।"

अगले दिन जैक की मौत की खबर न तो किसी अखबार में थी और न ही किसी टीवी पर।

जोलान में हर दिन इतने लोग मारे जाते हैं कि एक आदमी की मौत, उसकी हत्या कभी खबर बन ही नहीं पाती, अगर एक जगह आठ या दस लोग मारे जाते हैं तो वह घटना खबरों में आती है।

'रा' की टीम ने अंज़ल से दूसरे हैकर का पता पूछा।

अंज़ल ने मोबाइल के जरिये राबर्ट का पता बता दिया।

वह उस वक्त एक पार्क में था।

उनकी टीम इस पार्क में पहुंची। उस समय वह एक बेंच पर अकेला बैठा था, पता नहीं उसे अपने दोस्त की मौत का दुख था या अपना स्विस बैंक खाता खाली होने का दुख था जिसमें उसने लोगों के खाते हैक करके इतनी सारी दौलत जमा कर ली थी।

वह दुबला पतला आदमी था इसलिए 'रा' की टीम ने उसपर गोली बर्बाद करना उचित नहीं समझा। 'रा' का एक युवक धीरे से उसके पीछे गया और उसकी गर्दन पकड़ कर झटके से मरोड़ दी, उसके मुंह से आवाज भी नहीं निकल सकी। वह बेंच पर ही ढेर हो गया।

वीडियो पर 'रा' के सदस्य ने उसकी वीडियो राणा साहब को भेज दी।

वैसे वो और अंज़ल टीवी स्क्रीन पर वो सारे दृश्य देख ही रहे थे।

उसी समय राणा साहब ने प्रधानमंत्री को संदेश भेज दिया।

"एक और हैकर की जिन्दगी ख़त्म हो गई।"

उस रात वे शांति से सोए। तीसरे दिन उन्होंने तीसरे हैकर का पता पूछा।

अंज़ल ने उसके मोबाइल की लोकेशन से पता बता दिया।

उसे भी आसानी से ख़त्म कर दिया गया।

आख़िरकार सभी हैकरों का अंत हो गया।

बचा हुआ अंतिम हैकर गिल्बर्ट था।

उसे जिंदा पकड़ना था।

यह कोई मुश्किल काम नहीं था।

उसे उसके ठिकाने से जिंदा गिरफ्तार कर लिया गया और सभी लोग उसे हवाई अड्डे ले गये।

उनका विशेष विमान हवाई अड्डे पर उनका इंतजार कर रहा था। राणा साहेब ने जोलान पुलिस प्रमुख को फोन लगा कर कहा।

"हमने अपने एक वांछित हैकर गिल्बर्ट को पकड लिया है और हम उसे भारत ले जा रहे हैं। आप एयरपोर्ट वालों से कह दें। उससे पूछताछ कर अन्य हैकर्स का पता हम मालूम कर लेंगे।"

"ठीक है।" जोलान पुलिस प्रमुख ने कहा, और उसने हवाई अड्डे की सुरक्षा से उन्हें न रोकने के लिए कहा।

कुछ समय बाद, वे मिशन जोलान पूरा करके, एक आरोपी हैकर के साथ भारत के लिए उड़ान भर रहे थे।

✍✍

सिस्टम का करिश्मा

उस दिन अंज़ल ने नेशनल बैंक के अपने खाते में पचास हजार रुपये जमा किये थे। उसे एक कंपनी को चेक देना था।

पैसे खाते में आ गए थे।

उसका संदेश भी उसे आ गया था। लेकिन एक घंटे बाद उसे एक ऐसा मैसेज मिला जिससे वह सकते में आ गया।

इस मैसेज में लिखा था कि आपके पचास हजार रुपये बैंक के कोर अकाउंट में ट्रांसफर कर दिए गए हैं और बैलेंस पचास हजार से कम हो गया था। घबराकर उसने बैंक को फोन करने की कोशिश की।

लेकिन फोन लगातार बिजी आ रहा था और कस्टमर केयर से भी संपर्क स्थापित नहीं हो रहा था। मजबूरन उसने बैंक जाकर मामले का पता लगाने का फैसला किया और सीधे बैंक पहुंच गया।

उसने बैंक में जो देखा उससे उसका सिर चकरा गया।

उसकी तरह सैकड़ों लोग बैंक में जमा थे जिन्होंने उस दिन बैंक में कैश जमा किया था और एक घंटे बाद वह बैंक के किसी कोर अकाउंट में ट्रांसफर कर दिया गया था और उनके खाते का बैलेंस कम हो गया था। मैनेजर उन्हें समझाने की कोशिश कर रहा था।

"यह सिस्टम की गलती के कारण हो सकता है। आपका पैसा बिल्कुल सुरक्षित है। गलती सुधार होते ही आपके खाते में पैसा जमा हो जाएगा।"

उसने भी मैनेजर से बात की तो मैनेजर ने उसे भी यही जवाब दिया, जिससे वह संतुष्ट होकर घर लौट आया।

दो घंटे बाद उसने टीवी पर जो समाचार देखा उसे देख कर तो उसके

होश उड़ गए।

नेशनल बैंक में, पूरे देश में एक कोहराम मचा था।

उस दिन देशभर में जिन ग्राहकों ने बैंक में पैसा जमा किया, उसके एक घंटे बाद पैसा कटकर बैंक के कोर खाते में जमा हो गया था।

नेशनल बैंक के प्रबंधक और वरिष्ठ अधिकारी जनता को समझाने की कोशिश कर रहे थे कि यह सिस्टम की गलती के कारण हो रहा था। हम गलती ढूंढने का प्रयास कर रहे हैं, गलती ठीक कर दी जाएगी और आपका पैसा भी आपके खाते में वापस जमा कर दिया जाएगा।

शाम तक ऐसी ही खबरें चलती रहीं।

रात आठ बजे एक ऐसी विस्फोटक खबर आई जिसे सुनकर हर कोई हैरान रह गया।

खाताधारकों के खातों से जो पैसे कटकर बैंक में कोर खाते में जमा किए गए थे, अचानक वह सारे रुपये स्विस बैंक के एक खाते में ट्रांसफर हो गए हैं।

वह रुपया करीब एक अरब रुपये के बराबर था।

चारों ओर हंगामा मच गया कि अचानक बैंक खाते से खाताधारकों का एक-एक रूपया स्विस बैंक में कैसे जमा हो गया?

बैंक वाले यही जवाब दे रहे थे,

"हम सिस्टम की गलती देख रहे हैं। हमें इस बात की तसल्ली थी कि अगर खाताधारक के खाते से पैसा कटा है तो वह हमारे बैंक में जमा हो गया है। फिर इसे उस खाते से निकालकर खाताधारक को वापस कर दिया जाएगा। लेकिन यह पता नहीं चल पाया है कि वह सारा पैसा स्विस बैंक में कैसे ट्रांसफर हो गया।"

इस खबर से सरकार के भी कान खड़े हो गए और चारों तरफ हंगामा मच गया। जिन लोगों के खाते से पैसे कटे हैं, उन्हें बैंक वाले आश्वासन दे रहे थे कि पैसा सुरक्षित है, उन्हें वापस कर दिया जाएगा। इस आश्वासन के बाद लोग संतुष्ट हो गए।

अगले दिन जब बैंक शुरू हुए तो फिर वही हुआ।

जो लोग बैंक में पैसा जमा कर रहे थे, एक घंटे के बाद वह कटकर बैंक के कोर अकाउंट में जा रहा था।

सिस्टम के इस व्यवहार से बैंकर्स हैरान थे और इस गलती का पता लगाने की कोशिश कर रहे थे कि क्या गड़बड़ है, लेकिन उनके हाथ कुछ नहीं आ रहा था।

शाम को फिर कोर खाते में जमा सारा पैसा स्विस बैंक खाते में जमा हो गया।

इस पर एक हंगामा मच गया। बैंक की चारों तरफ से आलोचना होने लगी कि जब पता था कि कल यह पैसा स्विस बैंक में अपने आप ट्रांसफर हो गया था तो उन्होंने यह सावधानी क्यों नहीं बरती कि आज यह पैसा ट्रांसफर न हो।

बैंकर्स का जवाब था, हमने पूरी सावधानी बरती, लेकिन उसके बावजूद उस दिन बैंक में जमा करीब एक अरब रुपये स्विस बैंक में ट्रांसफर हो गए।

तीसरे दिन भी जब यही मामला हुआ और करीब ८० करोड़ रुपये स्विस बैंक में ट्रांसफर हो गए तो बैंक ने ऐलान कर दिया कि जब तक यह मसला सुलझ नहीं जाता, तब तक बैंक बंद रहेगा।

इसके बाद तो और हंगामा मच गया। लोगों के पैसे बैंक में थे और उन्हें कभी भी पैसे की जरूरत पड़ सकती थी और समय पर पैसा नहीं मिलने के कारण उन्हें परेशानी का सामना करना पड़ सकता था।

इसलिए वे विरोध करने के लिए सड़कों पर उतर आए और बैंक के सामने लोगों की भीड़ लग गई।

कई जगहों पर मारपीट और पथराव की घटनाएं भी हुईं।

लोगों को नियंत्रण में रखने के लिए प्रधानमंत्री को बयान देना पड़ा।

उन्होंने कहा, ‘‘जो कुछ भी हो रहा है वह सिस्टम की गलती के कारण हो रहा है। निश्चिंत रहें, आपका पैसा बिल्कुल सुरक्षित है।

अगर बैंक आपका पैसा नहीं दे सका तो सरकार आपका पैसा देगी।

आप कुछ दिन सहयोग करें। गलती का पता लगा कर जब तक मामला सुलझ न जाए तब तक विरोध न करें।

देश के विशेषज्ञों की टीम इस मामले को समझने और सुलझाने में लगी हुई है। तीन दिनों से देश के बड़े विशेषज्ञ ये जानने की कोशिश कर रहे हैं कि ऐसा क्यों हो रहा है?

खाते में जमा होने के एक घंटे बाद अचानक नकदी बैंक खाते से स्वचालित रूप से किसी कोर खाते में जमा क्यों हो जाती है और फिर शाम को अचानक स्विस बैंक में स्थानांतरित क्यों हो जा रही है?"

लेकिन तीन-चार दिन तक वे कुछ पता नहीं लगा सके।

तीन-चार दिन में लोगों का धैर्य जवाब दे गया। वे फिर अपने पैसों के लिए विरोध प्रदर्शन करने लगे।

तब प्रधानमंत्री ने आदेश दिया कि नेशनल बैंक को दोबारा खोला जाए और जरूरतमंद लोगों को पैसा दिया जाए।

बैंक शुरू हुआ।

सारा कारोबार सुचारू रूप से चल रहा था। लेकिन जैसे ही कोई अपने बैंक खाते में पैसे जमा करता था, उसके एक घंटे बाद उसके खाते से पैसे कटकर कोर अकाउंट में जमा हो जाते थे।

इसलिए तुरंत पूरे देश में किसी भी खाते से नकदी न लेने का निर्णय लिया गया।

और बैंक ने नकदी एकत्र करना बंद कर दिया।

लेकिन लोगों के लिए एक समस्या यह थी कि उन्होंने जो चेक दिए थे, उसके लिए समय पर उनका पैसा जमा करना जरूरी था।

यह उन लोगों के लिए भी एक समस्या बन गई जिनके क्रेडिट कार्ड बिल बैंक के माध्यम से जाते हैं।

उनके लिए दूसरे बैंक में कैश जमा करने और वहां से अपने खाते में पैसे ट्रांसफर करने का रास्ता निकाला गया।

कुछ बैंकों ने लोगों की सुविधा के लिए नेशनल बैंक खातों से पैसे लेना शुरू कर दिया और वे वहां से ग्राहकों के नेशनल बैंक खातों में पैसे ट्रांसफर कर देते थे।

यह तरीका सफल रहा।

ट्रांसफर होने वाला धन खाते में ही रहता था। वह कहीं और ट्रांसफर नहीं होता था। इससे यह अनुमान लगाया गया कि यह केवल नकद जमा होने वाले पैसों के साथ ही हो रहा था।

इसलिए बैंक का अन्य कारोबार जारी रखा गया। कैश लेना बंद कर दिया

गया, लेकिन इसका एक और बुरा नतीजा सामने आया।

लोगों के मन में यह बात बैठ गई कि नेशनल बैंक में कुछ गड़बड़ है। वहां उनका पैसा सुरक्षित नहीं है। इसलिए उन्होंने बेतहाशा बैंक से पैसा निकालना शुरू कर दिया और बैंक के लिए नकद या ट्रांसफर होने वाले पैसों का भुगतान करना मुश्किल हो गया।

अंज़ल सब समझ रहा था।

यह सिस्टम में गड़बड़ी का नतीजा है।

सिस्टम में वायरस डालकर या सिस्टम में बदलाव करके इतना बड़ा फर्जीवाड़ा किया गया है, लेकिन वह सोच रहा था, कई दिन हो गए। इतने सारे विशेषज्ञ इसका पता लगाने की कोशिश कर रहे हैं, लेकिन वे इसका पता क्यों नहीं लगा पा रहे हैं?

अगर उसे मौका मिले तो वह मामले की वजह जानने की कोशिश कर सकता है।

और उसके दिल की इच्छा पूरी हो गयी।

प्रधानमंत्री कार्यालय से फोन आ गया।

"प्रधानमंत्री ने आपसे नेशनल बैंक के मामले पर गौर करने का अनुरोध किया है। प्रधानमंत्री जी को आप पर पूरा भरोसा है।

आप इस मामले को आसानी से सुलझा सकते हैं, इसलिए आपको तुरंत काम शुरू कर देना चाहिए। आपको हर तरह का सहयोग और काम करने की पूरे अधिकार दिए जाएंगे।

आप तुरंत मामले की जांच कर रही टीम से संपर्क करें। इस संबंध में आपको जो मदद चाहिए वह मिलेगी।"

नेशनल बैंक का हेड ऑफिस मुंबई में ही था इसलिए अंज़ल के लिए यह आसान था, वह तुरंत बैंक के हेड ऑफिस पहुंच गया और वहां जाकर जांच कर रही आईटी टीम में शामिल हो गया।

"आप मुझे यह बताइये, आप इतने दिनों से काम कर रहे हैं? क्या आपके हाथ कोई सुराग लगा कि यह सब क्यों हो रहा है?"

"हमें यह स्वीकार करने में कोई झिझक नहीं है कि इतने दिनों की रिसर्च के बाद भी हम कुछ नहीं ढूंढ पाए हैं।"

जांच आईटी टीम के प्रभारी दिलीप निराशा से बोले।

“क्या आईटी का प्रभारी कोई और भी है?” अंज़ल ने पूछा।

“मैं हूँ।” एक युवक आगे आया। “मेरा नाम तुलसी पाटिल है।”

“क्या आपने जांच की?

क्या सिस्टम में कोई बदलाव तो नहीं किया गया है?”

अंज़ल ने पूछा।

“नहीं, मुझे तो ऐसा कुछ महसूस नहीं हुआ और विशेषज्ञों की टीम भी इस पर गौर कर रही है।”

तुलसी पाटिल ने कहा।

“देखिये, जो कुछ भी हो रहा है उसका एक ही कारण है। सिस्टम में कोई बदलाव किया गया है, देशभर के बैंकों के लिए एक ही कंपनी का सॉफ्टवेयर चलता है। इसलिए सॉफ्टवेयर में कोई भी बदलाव उसी कंपनी द्वारा किया जा सकता है। इसलिए कंपनी की ओर से यह बदलाव नहीं किया गया है। अगर यह ‘बग’ होता तो यह समस्या सिर्फ नेशनल बैंक ही नहीं बल्कि हर बैंक के सामने आती।”

अंज़ल ने कहा।

“हाँ, बिल्कुल।”

दिलीप सहमत हुए।

“मुझे लगता है कि किसी उच्च्व कुशल इंजीनियर ने कंपनी के सॉफ़्टवेयर में संशोधन किया है और इसे आपके बैंक के सर्वर पर इंस्टाल कर दिया है, जिसके कारण यह सब हो रहा है। अब ये काम सिर्फ दो लोग ही कर सकते हैं। या तो आप, आपकी आईटी टीम या कोई हैकर।”

अंज़ल ने कहा।

“नहीं, हमारी टीम ऐसा नहीं कर सकती।”

तुलसी पाटिल ने कहा, “वास्तव में यहां कोई भी सॉफ्टवेयर में बदलाव करने की क्षमता नहीं रखता है। मैं अपनी टीम के सभी सदस्यों के मानसिक और आईटी कौशल को जानता हूं।”

“तुलसी सर! आईटी के क्षेत्र में हर आदमी एक शूरवीर है लेकिन काम के बोझ से बचने के लिए खुद को छुपाता है।” अंज़ल ने कहा। “खैर, या फिर

यह हो सकता है कि किसी हैकर ने आपके सर्वर में घुसपैठ करके वह खतरनाक प्रोग्राम इंस्टॉल कर दिया हो, जिससे आपके बैंक का सारा पैसा स्विस बैंक में जमा हो जाता है। क्या आपने इसकी जांच की?''

''नहीं। हमें इस बारे में कुछ भी पता नहीं है।''

तुलसी पाटिल ने कहा।

''आप अपना सर्वर अपने कोड से स्टार्ट करते रहे हैं, मैं देखता हूं कि क्या किसी हैकर ने आपके बैंक के सर्वर से छेड़छाड़ करने की कोशिश की है?''

तुलसी ने सर्वर स्टार्ट करके अंज़ल को दे दिया।

अंज़ल ने कुछ देर तक सर्वर पर मौजूद विभिन्न फाइलों को देखा, फिर घोषणा की।

''ये किसी हैकर का काम नहीं है। आपके बैंक सर्वर की सुरक्षा उत्कृष्ट है। आज तक किसी भी हैकर ने इसे भेदने की कोशिश नहीं की है। इसी लिए अभी तक आप सुरक्षित रहे। इसका मतलब यह आपके स्टाफ में से किसी का काम है। खैर, वह तो पता चल ही जाएगा। पहला कदम यह पता लगाना है कि सिस्टम को कैसे संशोधित किया गया है। दो ही रास्ते हो सकते हैं। यदि पूरे सिस्टम को बदल कर सर्वर पर पुनः इंस्टॉल किया जाए या जो फंक्शन बदलना है उन्हें बदल कर सिस्टम को अपडेट किया जाए तो बताएं कि सिस्टम अपडेट कैसे होता है?'' अंज़ल ने पूछा।

''जब भी कंपनी सिस्टम को अपडेट करती है, वे हमें अपडेट फ़ाइल भेजते हैं और हम उस अपडेट फ़ाइल को इंस्टाल करके अपडेट कर देते हैं।'' तुलसी पाटिल ने कहा।

''ठीक है। यह अपडेट फ़ाइल किसके पास आती है?'' अंज़ल ने पूछा।

''क्योंकि मैं आईटी का प्रभारी हूं... इसलिए अपडेट फ़ाइल आमतौर पर मेरे पास आती है।'' तुलसी ने कहा।

''उसके बाद आप क्या करते हैं?'' अंज़ल ने पूछा।

''मैं वह अपडेट फ़ाइल अपने किसी सहायक को देता हूँ। वह अपडेट इंस्टाल कर देता है या कभी-कभी मैं भी करता हूँ।'' तुलसी ने कहा।

''क्या आप मुझे बता सकते हैं कि कंपनी की ओर से नवीनतम अपडेट

कब आया था?" अंज़ल ने पूछा।

"दो महीने पहले।" तुलसी ने उत्तर दिया।

"क्या आप पूरे यकीन से कह सकते हैं कि दो महीने पहले सिस्टम अपडेट किया था?" अनज़ल ने पूछा।

तुलसी ने कहा, "हां, हां, मेरे पास रिकॉर्ड है।"

अंजल ने कुछ कमांड दिए, कुछ फाइलों को देखा और कहा।

"आप कह रहे हैं कि सिस्टम दो महीने पहले अपडेट हुआ था। मैं देख रहा हूं कि पूरा सिस्टम आज से सात दिन पहले अपडेट किया गया है। जब ये गड़बड़ शुरू हुई है उससे एक दिन पहले रात को।" अंज़ल ने तुलसी की आंखों में देखते हुए कहा।

यह सुनकर तुलसी के चेहरे पर हवाइयां उड़ने लगीं।

"मुझे इस सिस्टम अपडेट के बारे में कुछ भी पता नहीं है। मैं पूरे विश्वास के साथ कह सकता हूं कि यह सिस्टम अपडेट मुझे बताए बिना किया गया है।"

"संभव है और तभी से यह गड़बड़ी शुरू हुई है। छोटा सा अपडेट था, एक प्रोग्राम बनाया गया कि बैंक में किसी भी शाखा में हर दिन ग्राहक जितनी भी नकदी जमा करें, उस नकद रकम को एक बैंक के कोर अकाउंट में एक घंटे में ट्रांसफर कर दिया जाए और फिर उस कोर अकाउंट में जमा सारे पैसे शाम को स्विस बैंक के एक अकाउंट में ट्रांसफर कर दिए जाएं। कितनी आसानी से, कितने अरबों रुपए का चूना लगाया गया। ये है आईटी का कमाल!" अंज़ल ने कहा।

"लेकिन इसका समाधान क्या है?" तुलसी ने थूक निगल कर पूछा।

"बहुत आसान है। आज रात सर्वर पर जो पुराना सिस्टम इंस्टाल है, उसे डिलिट कर दिया जाए। और फिर से पूरा सिस्टम और अपडेट दोबारा सर्वर पर इंस्टाल किया जाए। जिस प्रणाली से यह खतरनाक धोखाधड़ी की जा रही है वह खत्म हो जाएगी और बैंक फिर से सामान्य रूप से काम करना शुरू कर देगा।" अंज़ल ने कहा।

"इतनी साधारण सी बात थी और हमने इसके बारे में पता लगाने में आठ दिन लगा दिए।" दिलीप ने कहा, "अंज़ल सर, आप महान हैं, मैं आपको

सलाम करता हूं।"

"सलाम अभी नहीं। सिस्टम को डिलीट करके और नया सिस्टम इंस्टाल करने के बाद, अगर सिस्टम ठीक से काम करना शुरू कर दे, तब सलाम करना।" अंजल ने मुस्कुराते हुए कहा।

उस रात, अंजल, बैंक की आईटी टीम और विशेषज्ञों की एक टीम ने बैंक के सर्वर पर इंस्टाल पुराने सर्वर को हटा दिया। नया सिस्टम और अपडेट इंस्टाल किया।

"अब हमेशा की तरह कारोबार शुरू करें। कोई दिक्कत नहीं होगी।"

अगले दिन बैंक खुले और सारा कामकाज सामान्य दिनों की तरह शुरू हो गया। कोई समस्या नहीं हुई, सिस्टम सामान्य रूप से काम कर रहा था।

ये सब अंज़ल के दिमाग का करिश्मा था। सिस्टम का कोई करिश्मा नहीं था, उससे पहले जो कुछ हो रहा था वह सिस्टम का करिश्मा था।

✍✍

एम. मुबीन की अन्य किताबें

१. यातना का एक दिन	कथा संग्रह
(राष्ट्रीय पुरस्कार प्रधान मंत्री अटल बिहारी वाजपाई के हाथों)	
२. अज़ान	कथा संग्रह
३. विरासत	कथा संग्रह
४. रेवड़	उपन्यास
(महाराष्ट्र साहित्य अकैडमी का मुंशी प्रेम चंद पुरस्कार)	
५. हलचल	हास्य एकांकी संग्रह
६. अद्भूत मानव	बच्चों के लिए उपन्यास, साईंस फ़िक्शन
७. शनि गृह के क़ैदी	बच्चों के लिए उपन्यास, साईंस फ़िक्शन
८. अंतरिक्ष में खोए	बच्चों के लिए उपन्यास, साईंस फ़िक्शन
९. सुपर कम्पयूटर का आतंक	बच्चों के लिए उपन्यास, साईंस फ़िक्शन
१०. धरती पर संकट	बच्चों के लिए उपन्यास, साईंस फ़िक्शन
११. मिशन जंगल	उपन्यास
१२. रहस्यमय टापू	उपन्यास
१३. सात अजूबे	विज्ञानं कथाए
१४. वीरू उस्ताद:हास्य कहानियां	कहानियां
१५. स्टार वार	विज्ञानं कथाए
१६. अक़्ल का सौदा	बच्चों के लिए एकांकी
१७. मुफ्त की मिठाई	बच्चों के लिए एकांकी
१८. अपराधी कौन	बच्चों के लिए एकांकी
१९. गधे की चोरी	बच्चों के लिए एकांकी
२०. सच्ची दौलत	बच्चों के लिए एकांकी
२१. इनाम नहीं मिला	बच्चों के लिए एकांकी
२२. हज़ार रुपया का नोट	बच्चों के लिए एकांकी
२३. अंगूठा	उपन्यास
२४. वीरू उस्ताद का आत्म दहन	हास्य उपन्यास (प्रकाशनाधीन)
२५. बूढ़ा बीमार है	कहानी संग्रह

9 788119 889525